रूह कांपती है
(भयानक उपन्यास)

रूह कांपती है

(भयानक उपन्यास)

राज ऋषि शर्मा

राजर्षि प्रकाशन
नागवनी रोड, जम्मू

राजर्षि प्रकाशन

नागवनी रोड, जम्मू

पहला संस्करण, 2024

कीमत: रु.159.00

राज ऋषि शर्मा

लेखक की ओर से

इस उपन्यास को पढ़ने से पहले मैं अपने सुधि पाठकों को सावधान करना अपना कर्तव्य समझता हूँ। 'रूह कांपती है' एक अत्यंत भयानक उपन्यास है, और इसका अधिकांश भाग पूर्णतया सत्य घटनाओं पर आधारित है। कृपया कमजोर दिल के पाठक इस उपन्यास को पढ़ने का जोखिम न उठाएं, क्योंकि इसका कथानक आपके स्वास्थ्य और भावनाओं को आहत कर सकता है।

इस उपन्यास को पढ़ते समय, कोई भी पाठक कभी भी अकेले या रात के समय डरावनी अनुभूतियों का शिकार हो सकता है। स्वयं इसे लिखते हुए, मैं कई बार भयभीत हो जाता था, और मुझे भी अपने आसपास एक भयानक वातावरण का आभास होता था, जिससे कंपकंपी छा जाती थी।

इसलिए, मैं उन पाठकों से विशेष अनुरोध करना चाहूंगा, जिन्होंने इसे पढ़ने का मन बनाया है, कि इसे एक बार में और वह भी रात के समय एकांत में पढ़ने का प्रयास न करें। यदि किसी भी प्रकार का दुष्प्रभाव होता है, तो इसके लिए लेखक और प्रकाशक उत्तरदायी नहीं होंगे।

लेखक: राज ऋषि शर्मा

(1)

रात वैसे भी भयावह होती है, किन्तु न जाने क्यों, उस दिन की रात मुझे कुछ अधिक ही भयावह प्रतीत हो रही थी। हालांकि मैं स्वभाव से बहादुर हूँ, फिर भी यह परिस्थिति ही कुछ ऐसी थी कि कोई भी दिल-गुर्दा वाला व्यक्ति भयभीत हो सकता था।

बात वहाँ से शुरू होती है, जहाँ मेरे एक साधू साहब रहते हैं। मैं उनसे मिलने गया हुआ था, और बातचीत करते-करते समय का कुछ ऐसा पता ही नहीं चला कि रात हो गई।

उनके घर से मेरे घर का रास्ता सड़क मार्ग से काफी लंबा था, पर एक शॉर्टकट था जो केवल दो किलोमीटर का था। साधू साहब ने आग्रह किया कि मैं रात को वहीं रुक जाऊँ और सुबह चला जाऊँ। लेकिन मेरी यह आदत है कि मैं रात को अपने घर ही सोना पसंद करता हूँ। उनके बहुत कहने के बावजूद भी मैं वहाँ रुकने के लिए तैयार नहीं हुआ और शॉर्टकट वाले मार्ग से घर लौटने का निर्णय लिया। यहाँ बता दूँ कि मैं काफी बहादुर हूँ—शायद मूर्खता की हद तक।

हाँ ! एक बात बताना तो मैं भूल ही गया कि मेरे उन साधू साहब का घर गांव में है और मेरा घर साथ ही दूसरे गांव में था। इन दो गाँवों को जोड़ने वाला शॉर्टकट जंगल जैसा तो नहीं था, पर उसे जंगलनुमा मार्ग ज़रूर कहा जा सकता था। यह मार्ग एक बाग से होता हुआ कच्चे रास्ते से मिल जाता था, जिससे होते हुए लगभग डेढ़ किलोमीटर के

बाद मैं अपने घर पहुँच सकता था। इस रास्ते पर एक छोटा सा नाला भी पड़ता था, जिसे पैदल ही पार करना होता था। नाला पार करने के बाद ही जंगल नुमा मार्ग शुरु होता था।

जब मैं रुकने के लिए तैयार नहीं हुआ, तो घर के एक बुजुर्ग, जो उम्र में मुझसे थोड़े ही बड़े थे, लगभग 45 वर्ष के, मुझे थोड़ा आगे तक छोड़ने के लिए तैयार हो गए। वह स्वभाव से बेहद डरपोक थे, और हम कई बार महफिलों में उनका मजाक भी उड़ाते थे। पर उस समय उनके डरपोक होने का कुछ नहीं किया जा सकता था। उन्हें मेरे साथ चलना ही पड़ा। चलते समय उन्होंने एक टॉर्च और एक लाठी ले ली, और साथ में अपने पंद्रह साल के बेटे को भी ले लिया।

मैंने उन्हें कहा भी कि आप मत चलिए साथ में, मैं अकेला ही चला जाऊँगा। किन्तु वो मनहा नहीं कर सके। कर भी तो नहीं सकते थे। प्रतिष्ठा का प्रश्न था। इसलिए ना चाहते हुए भी उन्हें हमारे साथ चलना ही पड़ा।

लगभग बीस मिनट्स का मार्ग था उनके घर से गांव की सीमा पर बहते हुए नाले तक का। नाले पर पहुँच कर मैंने उन्हें वापस लौट जाने के लिए कहा, 'मैं यहां से चला जाऊंगा। चिन्ता की कोई बात नहीं। अब आप वापस लौट जाइए।"

'कोई बात नहीं, हम चले जाएंगे। आओ पहले नाले को पार कर लें।"कहते हुए उन्होंने अपने जूते उतार कर रख दिए और मेरा हाथ पकड़ लिया। तब तक मैंने भी अपने जूते उतार कर एक हाथ में पकड़ लिए थे और दूसरे हाथ से उनका हाथ पकड़ लिया। साथ में आए बेटे को हमने किनारे पर ही रुके रहने के लिए कहा और स्वयं हम दोनों

नाले के पानी में उतर गए। पानी कोई अधिक नहीं था। हमारे घुटनों तक ही था। इसलिए नाले को पार करने में कोई परेशानी नहीं हुई।

नाले को पार करने के पश्चात अब मेरी साहसिक यात्रा आरम्भ होने वाली थी। मैंने आगे के पथ को निहारने हुए पीछे मुड़ कर हाथ हिलाते हुए 'बाय' कहा।

'डरोगे तो नहीं?" उन्होंने मेरे 'बाय' के संकेत के प्रतिउत्तर में पूछा।

'नहीं ! आप चिंता मत करें। मैं चला जाऊंगा।" मैंने अपने आप को साहसी दिखाते हुए कहा।

'टार्च ही ले जाओ साथ में।" उन्होंने एक बार फिर से कहा।

'नहीं सर ! आप बिलकुल भी चिंता मत कीजिए। मैं चला जाऊंगा।" कहते हुए मैंने अपने पथ पर कदम बढ़ा दिए। क्षण भर के लिए पीछे मुड़ कर देखा तो वो दोनों वापस जा रहे थे।

अब आप सच मानों तो डर मुझे भी लगने लगा था। बेशक, मैंने अपने आप को साहसी प्रमाणित करने का प्रयास अवश्य ही किया था और मैं साहसी था भी। साहसी मैं इतना था कि रात के समय मुझे कोई शमशान घाट हो आने के लिए कहता तो भी मैं क्षणमात्र के लिए भी नहीं हिचकिचाता। किन्तु यहां प्राकृतिक रूप से भय उत्पन्न हो ही जाए, जो मेरे भी वश में न हो तो वो बात कुछ अलग हो सकती है। मैं कहीं जा रहा हूं और आसमान के ऊपर से मुझ पर कोई लाश गिर जाए या खून की बारिश होने लगे तो मेरा भयभीत हो जाना स्वाभाविक भी हो सकता है। अब यहां पर रात का सन्नाटा था और बियाबान मार्ग। मैं डरता तो बिलकुल नहीं था, किन्तु कोई दुर्घटना तो

कभी भी हो सकती है। उसका क्या? दूर दूर तक किसी भी मानव या प्राणी का नामोनिशान तक नहीं था। थोड़ा बहुत किसी अनहोनी का तो डर लगता ही है यार ! अन्तत: हूं तो मैं भी एक इंसान ही।

(2)

अपने गाँव के साथ से होकर नेशनल हाईवे है। जहां आमतौर पर शाम के समय मैं अपने कुछ मित्रों के साथ तो कभी अकेले सांय के समय सैर के लिए जाते हैं। उसके साथ साथ ही रणबीर कैनाल बहती है। जिससे सैर करने में बहुत आनंद आता है।

कल सांय को सैर करने के लिए मैं अकेला ही निकला था। जिस समय मैं समय मैं सैर करके घर वापस आ रहा था, उस समय 'सांय' रात के आगोश में जाने की तैयारी कर रही थी। तब तक उस इस मार्ग से आने जाने वाली गाड़ियों की संख्या में भी कमी हो गई थी। हालांकि नेशनल हाईवे होने कारण इस पर गाड़ियों की संख्या बहुत अधिक होती है और यह बहुत तेज गति से चलती है, इसलिए सैर करते समय इसका विशेष ध्यान रखना पडता है और सभी सैर करने वाले इसके किनारे किनारे ही चलते हैं।

मैं मार्ग के किनारे किनारे ही चल रहा था। सड़क के एक ओर एक मार्ग फैला हुआ था और दूसरी ओर अपनी मंथर गति से बहती हुई रणबीर कैनाल। इन दोनों के बीच एक क्षेत्र था, जो घास-फूस और झाड़ियों से भरा हुआ था। मैं अपनी धुन में खोया हुआ, किसी गहरी सोच में डूबा, धीरे-धीरे आगे बढ़ रहा था। कभी मेरी नजर सड़क पर जाती, तो कभी नहर की शांत जलधारा पर टिकती।

जैसे-जैसे रात का धुंधलका गहराने लगा, आसपास का वातावरण

एक अजीब से सन्नाटे में डूब गया। इसी सन्नाटे के बीच, अचानक मेरी नजर पास की झाड़ियों पर पड़ी। वहां, झाड़ियों और घास के बीच, चित अवस्था में एक अर्धनग्न लाश पड़ी हुई थी। यह दृश्य देखते ही मैं बुरी तरह चौंक गया। मेरे शरीर में ठंडक और डर की लहर दौड़ गई।

मैंने बिना कुछ और देखे या सोचे, बिना पीछे मुड़े, जितनी तेज संभव था, उतनी तेजी से आगे की ओर दौड़ लगा दी।

लगभग आधा किलोमीटर दौड़ने के बाद मैंने अपनी गति धीमी की और पलभर के लिए रुककर गहरी सांस लेने लगा। डर अभी भी मेरे मन में हावी था। मैंने पीछे मुड़कर देखा, लेकिन वहां कुछ भी नहीं था।

फिर भी मन में सवाल उठने लगा—क्या वह सच में एक लाश थी, या सिर्फ कोई आदमी वहां सो रहा था? तभी मेरे मस्तिष्क ने उत्तर दिया, "नहीं ! वह एक लाश ही थी... या शायद कुछ और ही था।"

कारण यह था कि यदि वह जीवित मनुष्य होता, तो उसे उन झाड़ियों पर सोने की क्या आवश्यकता थी? और अगर वह नशे में वहीं लेटा होता, या वास्तव में एक लाश ही होती, तो उसके भार से झाड़ियाँ दब गई होतीं। इन विचारों के बीच एक बार फिर मेरे शरीर में झुरझुरी दौड़ गई।

आज सुबह मेरे एक मित्र ने मुझे अपने साथ घटी एक सत्य घटना का वृत्तांत सुनाया। उस घटना का स्मरण करते ही मेरे भीतर एक अनजाना भय पसरने लगा। यह डर शायद इसलिए भी था क्योंकि बीती रात मेरे साथ भी एक विचित्र घटना घटी थी, जिसने मेरे मन को

विचलित कर दिया था।

वह एक पहाड़ी गांव में रहता है, जहां से आवश्यकतानुसार या सामान लेने के लिए उसे लगभग एक किलोमीटर नीचे बाजार में आना पड़ता है। यदि शहर जाना हो, तो नेशनल हाईवे पर पहुंचकर वहां से वाहन लेकर शहर जाना पड़ता है।

वह मुझे बता रहा था कि एक दिन उसकी बहन के बीमार हो जाने के कारण उसे रात में जरूरी काम से नीचे बाजार जाना पड़ा। अभी वह घर से लगभग आधा किलोमीटर ही आया था कि उसकी नजर पहाड़ी के एक ओर घने वृक्षों के बीच एक विचित्र दृश्य पर पड़ी। यह देखते ही उसके रौंगटे खड़े हो गए।

वृक्षों के बीच से ऊंची-ऊंची आग की लपटें उठ रही थीं, और उनमें एक जीवित इंसान धू-धू कर जल रहा था। इस दृश्य ने उसे भय से जड़ कर दिया। उसके मन में सवाल उठने लगे—यह आदमी कौन है? क्या यह उसके गांव का कोई पड़ोसी है, या फिर कोई अजनबी? वह जल क्यों रहा है? क्या यह आत्महत्या है या किसी ने इसे जलाकर मारने की कोशिश की है? इन सवालों के बावजूद उसे कोई उत्तर नहीं सूझा, और वहां खड़े रहने की उसकी हिम्मत भी नहीं हुई। डर के मारे वह तुरंत वहां से तेज कदमों से चलने लगा।

थोड़ी दूरी पर उसे दो आदमी दिखाई दिए। उन्होंने उसे रोका और उनमें से एक ने पूछा, "क्या तुमने रास्ते में कुछ अजीब देखा?"

"हां," उसने जवाब दिया।

"क्या देखा?" दोनों में से एक ने पूछा।

मेरे मित्र ने बिना देरी किए, अपनी देखी हुई पूरी घटना उन्हें बता दी।

"इसे 'मसान' कहते हैं। यह वह शक्ति है जिसे तांत्रिक विद्या के जानकार अपनी साधनाओं से उत्पन्न करते हैं और फिर इसका उपयोग अपने मनचाहे कार्यों को पूरा करने के लिए करते हैं।"

"अच्छा!" उसकी बात सुनकर मुझे आश्चर्य और जिज्ञासा दोनों महसूस हुए। इस विषय में मैंने पहले भी काफी सुना और थोड़ा-बहुत पढ़ा भी था, लेकिन ऐसी किसी घटना का सामना पहली बार हुआ था।

उनकी बात में सच्चाई प्रतीत हो रही थी। ऐसा इसलिए, क्योंकि आग में जलता हुआ वह व्यक्ति न तो चीख रहा था, ना न चिल्ला रहा था। वह यूं खड़ा-खड़ा जल रहा था, मानो अपनी इच्छा से इस प्रक्रिया को स्वीकार कर रहा हो। उसके चेहरे पर किसी प्रकार का कष्ट या दर्द का भाव नहीं था, जो इस बात को और भी रहस्यमय बना रहा था।

इस पूरी घटना ने मेरे मन में एक गहरा प्रभाव डाला, और मैं तांत्रिक विद्या के इन रहस्यमय पहलुओं को लेकर और अधिक सोचने लगा।

एक तो मेरे मित्र द्वारा बताई गई यह घटना और दूसरी सांयकाल के समय मेरे साथ घटी उपरोक्त घटना, दोनों ने मेरे मन पर गहरा प्रभाव डाला। साहसी स्वभाव का होने के बावजूद, इन घटनाओं के रहस्यमय और भयावह पहलुओं ने उस समय के वातावरण का मुझ पर असर छोड़ दिया था।

(3)

अब मैं वहाँ उस निर्जन स्थान पर अकेला ही खड़ा था। नदी तट के साथ ही सामने लगभग पचास फीट के कच्चे मार्ग पर दृष्टि पड़ी, जो गीला, संकरा और फिसलन भरा था। अब उसी मार्ग पर से चलते हुए मुझे आगे जाना था। मैंने एक बार पीछे की ओर मुड़ कर देखा तो वो दोनों बाप बेटा यहां से दूर जा चुके थे।

मैंने साहस किया और अपने मार्ग की ओर बढ़ चला। आसमान में बादलों से घिरा हुआ चाँद था और उसकी धूमिल सी चांदनी पृथ्वी पर पड़ रही थी। जिससे मार्ग स्पष्ट नहीं दिखाई दे रहा था। हालांकि एकाध बार मैं लम्बे अंतराल में इस मार्ग पर पहले भी आ चुका था फिर भी यह मार्ग इतना भी परिचित नहीं लग रहा था, जितना कि मुझे लगना चाहिए था। शायद यह रात के घिर आये अंधकार के कारण था, क्यूंकि इस से पहले जब साल छह माह पहले मैं इस मार्ग से आया भी था तो वो दिन का समय था। रात के समय तो मैं आज पहली ही बार आ रहा था और फिर दिन और रात के समय के वातावरण में अंतर तो होता ही है।

फिर भी अब जाना तो है ही। मैंने साहस किया और अपने मार्ग पर बढ़ चला। पचास फीट का मार्ग मामूली चढ़ाई का था। चढ़ाई चढ़ कर मैं जंगल नुमा बाग़ की हद में प्रविष्ट करने वाला था। मैं ज्यूँ ज्यूँ आगे बढ़ता जा रहा था, दिल में थोड़ा थोड़ा डर भी उभरता जा रहा था।

हालांकि मैंने पहले ही कहा है कि मैं इतना डरपोक भी नहीं हूँ और मूर्खता की हद तक साहसी हूँ, किन्तु डर मन की एक स्वाभाविक प्रतिक्रिया भी है। बाहर से मनुष्य चाहे कितना भी साहसी बना रहे किन्तु मन के भीतर किसी कौन में डर तो छुपा ही रहता है। जो बार बार अवसर मिलने पर अपना सर उभारता ही रहता है।

मार्ग के दायीं ओर सरकंडे और घास के मिलेजुले बड़े बड़े झाड़ थे। उनसे होकर मार्ग पर छितरा रही चांदनी का बहुत सा भाग पृथ्वी पर पहुँच ही नहीं रहा था और मार्ग स्पस्ष्ट नहीं दिखाई दे रहा था। फिर भी मैं अनुमान और साहस का सहारा लिए हुए आगे बढ़ता ही जा रहा था।

मार्ग के बायीं और बहुत ऊंची के दिवार थी। लगभग बीस फीट ऊंची तो होगी ही, जो सौ फीट के लगभग लम्बी भी तो होगी ही और उसके बहुत ऊपर सात आठ फीट के अंतराल के पश्चात झरोखे से बने हुए थे। जैसाकि हमने कई बार बहुत सी पुरानी और ब्लैक एंड वाइट ज़माने की डरावनी फिल्मों में देखा भी है। इन झरोखों में से भी लम्बे लम्बे सरकंडे और कुछ वृक्षों की टहनियां बाहर निकल कर आकाश की ओर बाहें पसारे झूल रही थीं। किन्तु मुझे तो लग रहा था कि जैसे मुझे ही घूर रही हैं।

अब मुझे स्वाभाविक डर लगने लगा था। साथ साथ ही जैसे जैसे ही मैं आगे बढ़ता जा रहा था, बहती हवा के संग झूमते हुए घास, सरकंडे और पेड़ों के पत्तों की 'सांय, सांय' की आवाज़ मेरे भीतर ओर भी खौफ पैदा कर रही थी। पीछे मुड़कर देखने का साहस नहीं हो पा रहा था। वो इसलिए कि हमारे यहां पर यह मान्यता है कि किसी भी

बियावान स्थल पर किसी भी प्रकार की आवाज़ होने या डर लगने पर पीछे नहीं मुड़ कर देखना चाहिए। ऐसा करने पर जो भी भूत पिशाच या चुड़ैल आदि हो उसका प्रभाव अधिक हो जाता है और वो मनुष्य पर तुरंत ही प्रभावी हो जाते हैं।

ऐसी ही धारणा के वशीभूत मैं दिल में डर और बाहर से साहस लिए हुए आगे बढ़ता जा रहा था।

हर पल मुझे यही लग रहा था कि अभी ऊपर झरोखे में से कोई भी बहुत प्रेत या पिशाच मुझ पर छलांग लगा देगा और मुझे अपने आगोश में लेकर भाग जाएगा। मैं सोचता जा रहा था और आगे बढ़ता जा रहा था।

चलते चलते सहसा ही मैं एक ऐसे स्थान पर पहुँच गया यहां वृक्षों की छाया से अँधेरे में डूबा हुआ एक बड़ा सा मकान प्रकट हो गया, मैं तो यही कहूंगा, क्यूंकि मुझे नहीं लगता कि मैंने इसे पहले भी कभी यहां पर देखा था और सबसे बड़ी बात तो यह कि चलते चलते मुझे इस बात का किंचित भी आभास नहीं हुआ कि आगे कोई कमरा नुमा बड़ा सा मकान भी है।

सारा का सारा मकान पूर्णतः अंधकार में डूबा हुआ था। चांदनी तो उस पर नाममात्र के लिए ही पड़ रही थी शायद। मेरी आँखें उस पर जैसे गढ़ सी गईं थीं। कारण उस का बड़ा सा द्वार जिस पर कोई दरवाज़ा वगैरह नहीं लगा हुआ था, जैसे मुंह फाड़े मुझे अपने भीतर समा लेने की ही प्रतीक्षा में था। इस द्वार के अतिरिक्त कहीं पर भी कोई अन्य द्वार या खिड़की नहीं थी।

मैं सकपका कर ठहर सा गया। पांव यहाँ के वहाँ ही जैसे जकड़

से गए। मेरा मार्ग जैसे जा ही सीधा उसके मुंह में रहा था। बस ! अन्य कही कोई मार्ग नहीं। आगे कुआं और पीछे खाई। पीछे तो मुड़ कर जा नहीं सकता था और आगे भी कोई मार्ग नहीं दिखाई दे रहा था।

कहते हैं कि ऐसी परिस्थिति में मनुष्य का साहस ही उसका साथ देता है। निस्सन्देह मैं डर रहा था किन्तु साहस का दामन मैंने नहीं खोया था। मैंने पहले ही कहा ना कि डर तो मनुष्य मन की एक स्वाभाविक क्रिया है किन्तु मैं मूर्खता की हद तक साहसी भी हूँ।

कुछ क्षण तो मैं यूँ ही किंकर्तव्यविमूढ़ सा खड़ा रहा। यही लग रहा था कि अब या तब सामने ले द्वार से कुछ निकलेगा या पीछे से कोई शह बला आकर मुझे दबोच लेगी।

तभी डरते डरते ही मेरी दृष्टि दायीं ओर चली गई। दाईं ओर मुझे एक लम्बाई में कॉरिडोर सा सजा हुआ मार्ग दिखाई दिया, जिसे फूलों और छोटे छोटे पौधों की शाखाओं ने इस प्रकार से ढका हुआ था कि मानों मेरे ही स्वागत में उसे बना संवार दिया गया है, किन्तु यह सब मुझे कम प्रकाश के कारण दृष्टिगोचर नहीं हो रहा था। हालांकि इस भाग में सांप वगैरह का बहुत भय था,फिर भी मुझे वर्तमान परिस्थितियों में इसका भय नहीं लग रहा था और मैं शीघ्रातिशीघ्र यहां से निकल जाने के प्रयास में था और शीघ्रता से चल रहा था।

मेरे मार्ग के दोनों ओर फूलों के पौधों से भिन्नी भिन्नी सुगंध आ रही थी, जो धीमी धीमी बहती बहती हुई हवा के झोंको से एक प्रकार से मंत्रमुग्ध सी कर रही थी। मार्ग के दोनों ओर फूलों की इस बाढ़ के पीछे लिची, संतरा और आम के वृक्षों का बहुत बड़ा बाग था। जिसका आभास होते ही मुझमें कुछ चुस्त व फुर्ती का समावेश सा हो गया। मैं

कुछ शीघ्रता से और संभलता हुआ आगे बढ़ने लगा।

मार्ग थोड़ा थोड़ा गीला था। कहीं कहीं पानी रुका हुआ था और कीचड़ भी जमा हो गया था। बागों में पौधों को पानी दिया जाता है तो थोड़ा बहुत पानी यहां वहाँ भी जमा हो जाता है, जिसमें कभी कभी कीचड़ बन जाता है।

मार्ग अधिक लंबा भी नहीं था। पांच मिनट में ही मैंने मार्ग के अंत तक पहुँच गया। किन्तु ओह ! मेरा दुर्भाग्य ! जैसे ही मैं उस मार्ग से बाहर निकलने ही वाला था कि सहसा ही मेरा पांव कीचड़ में पड़ जाने से मैं फिसल गया और संभलते संभलते भी दायीं ओर कच्चे मार्ग पर गिर गया।

गिरते गिरते मुझे किसी चोट का तो नहीं किन्तु अपनी दायीं कनपटी पर कुछ दबाव सा पड़ने का आभास हुआ और मैंने अपनी तंद्रा को खो दिया।

(4)

इस बात पर शायद कोई विश्वास ना करे. किन्तु यह है बिल्कुल सच ! भूत प्रेत, चुड़ैल, पिशाच शह बालाओं की दुनिया कुछ ऐसी ही होती है। जिन पर सहज ही विश्वास नहीं हो पाता। आगे की बातें कुछ ऐसी ही हैं कि यदि मैं भी इन्हें किसी से सुनता या कहीं पुस्तक या समाचार पत्र में पढ़ता तो मुझे भी विश्वास नहीं होता।

जैसे ही मुझे सुध आई और मेरी आंखें खुली तो अपने आप को विचित्र से वातावरण में पाया। चारों ओर आंखों को चुंधिया देने वाला प्रकाश। कुछ भी स्पष्ट रूप से दिखाई नहीं दे रहा था। जो कुछ भी दिखाई दे रहा था, वो बस यही था। आसपास रेत ही रेत। जैसे कोई बहुत बड़ा रेगिस्तान था। कहीं नामो भी नहीं। आस पास यहां तक भी दृष्टि जाती, कहीं कहीं उड़ती हुई कुछ रेत या कहीं कहीं रेत के बवंडर।

दूर दूर तक बियाबान ! कहीं कहीं खामोशी को चीरता हुआ रेतीली हवाओं का स्वर ! कोई भी भयभीत हो सकता था।
मेरी कुछ भी समझ रहा था। भीतर ही भीतर से बहुत भयभीत था। उस पर मेरी तो समझ में यह भी नहीं आ रहा था कि मैं कौन हूँ? क्या हूँ? यहां हूँ तो कहाँ हूँ? कैसे हूँ? क्या मैं मर गया हूँ या जीवित हूँ? वास्तव में ही मानव हूँ या एक आत्मा? यह सब गोरखधंधा क्या है? मैं यहां कैसे हूँ और क्यों हूँ? अभी तक मेरी आँखें उस रेत की चकाचौंध में कुछ कुछ देख अभ्यस्त हो चुकी थी।

इसी में अपने सामने लगभग बीस– तीस गज की दूरी पर एक भूतिया महल सी एक हवेली दिखाई देने लगी। समझ में नहीं आ रहा था कि इस बियाबान रेगिस्तान में यह महलनुमा अवतरित हो गई! कुछ पल तो आँखों को जो भी सामने दिखाई दे रहा था. उस पर विश्वास ही नहीं हो पा रहा था। किन्तु जो भी था आँखों के सामने ही था और यह एक जीती जागती एक सच्चाई भी थी।

इस से पहले कि कुछ और प्रश्न मेरे सम्मुख आ कर खड़े हो जाते या मैं इस रहस्यमय गुत्थी को कुछ समझ पाता मेरे ठीक सामने एक कंकाल नुमा आकृत आ कर खड़ी हो गई तथा अट्टास करने लगी।

उसकी लाल लाल अंगारों सी जलती हुई आंखें इस प्रकार से मुझे घूर रही थीं जैसे अगले ही क्षण मुझे जला कर भस्म कर देगा। इससे पहले कि प्रतिक्रिया स्वरूप मैं कुछ करने का प्रयास करता, सहसा ही मुझे भयंकर कड़कड़ाहट का स्वर सुनाई दिया। मानों हड्डियों के टूटने का स्वर ही था। मेरे सामने खड़ा कंकाल ऊपर से नीचे की ओर ठीक मध्य से कट कर दाएं एवं बाएं गिरता चला गया। रक्त की धारा एक फव्वारे की भांति ऊपर आसमान की दिशा में फटती चली गई। मेरे मुंह से घुटी घुटी सी एक चीख सी निकल गई। मेरी आंखें बन्द हो गईं।

वातावरण में सांय सांय का स्वर पहले की अपेक्षा कुछ अधिक तीव्र हो गया था। हवा भी कुछ तीव्रता से बहने लगी थी। जिससे रेत के कण एक प्रकार के अंधड़ का सा रूप लेते चल रहे थे।

अब मेरी अवस्था कुछ विचित्र सी हो गई थी। वहां एक ओर मैं

कुछ भयभीत था तो, दूसरी ओर अत्यंत विस्मित भी था।

तभी ना जाने वो कौन सी अदृश्य शक्ति थी जिसने मुझे एक ओर धक्का सा दे दिया। इसके साथ ही मुझे यूं लगने लगा कि जैसे स्वयमेव ही मैं आगे की ओर खिंचता चला जा रहा हूं। मेरी कुछ भी समझ में नहीं आ रहा था कि यह सब क्या हो रहा है। क्यों हो रहा है अथवा कैसे हो रहा है। मुझे बहुत ही डर लग रहा था। यह मैं कहां व किस प्रकार की परिस्थिति में फंस गया हूं। अपना आप तो मुझे कुछ भी याद नहीं था। जो याद था तो वो बस इतना ही याद था कि मैं मात्र एक इंसान हूं। बस !

कौन हूं ? क्या हूं ? कहां से आया हूं? इसके बारे में मुझे कुछ भी नहीं मालूम था।

आगे की ओर देखा तो दो नर कंकाल दिखाई दिए। वो मुझे अपनी ओर आने का इशारा कर रहे थे। जिसे देखते हुए ना चाहते हुए भी मैं उनकी ओर खींचा चला जाने लगा। शायद इस बात का ही अनुभव होने पर कि मैं उन की बात समझ गया हूं, वो दोनों मेरी ओर अपनी पीठ कर सामने खड़ी हवेली की ओर पलट गए। एक बार फिर से हड्डियों की कड़कड़ाहट की आवाज हुई, जो मेरे समस्त शरीर के रोम रोम में समा गई। शरीर में कंपकंपी सी हुई। सारा शरीर ही कांप सा गया। क्षणभर को लगा कि अगले ही पल मैं बेहोश होकर गिरने वाला हूँ, किन्तु ऐसा हुआ नहीं। मानों मैं एक अदृश्य डोर से बंधा हुआ उनकी ओर खींचा चला जाने लगा।

वो दोनों नर कंकाल भी यंत्रवत से उस महलनुमा हवेली की ओर जा रहे थे। उनके पीछे पीछे ही मैं जा रहा था। आसपास का सारा

वातावरण बहुत ही भयावह था। जिस ओर भी दृष्टि पड़ रही थी, उसी ओर से ही खौफ की एक तीव्र लहर फूटती हुई सी प्रतीत हो रही थी। मैं पूरी तरह से बेबस था। चाह कर भी कुछ नहीं कर सकता था। करता भी तो क्या करता। भागता भी तो भाग कर कहाँ और किस ओर जाता। जबकि मुझे तो अपने वजूद के विषय में भी कुछ भी ज्ञात नहीं था।

हवेली का एक विशालकाय द्वार मेरे सामने था। नर कंकाल जैसे ही उसके पास पहुंचे, वह दरवाजा अपने आप खुल गया। वे दोनों उसमें प्रवेश कर गए, और मैं भी उनके पीछे-पीछे भीतर चला गया।

सामने ही एक विशालकाय द्वार था। मेरे आगे आगे चलते हुए नर कंकाल जैसे ही उसके समीप पहुंचे, वह विशालकाय द्वार स्वयमेव ही खुल गया और इसके साथ ही वो दोनों नर कंकाल भी उसमें प्रवेश कर गये। मैं भी उनके पीछे पीछे चलते हुए भीतर चला गया।

सामने ही एक बड़ा सा हाल था। जिस पर दोनों और कुर्सियां लगी हुई थीं, बल्कि कुर्सियों के स्थान पर इन्हें बड़े बड़े सोफे कहना अधिक उचित होगा, जैसी कि फिल्मों में राजमहल में लगे हुए दिखाई जाते हैं। मैने देखा कि वो दोनों नर कंकाल चलते चलते हाल को पार कर मुख्य सिंहासन के समीप पहुंच कर रुक गए।

सामने एक बड़ा सा सिंहासन था, जिस पर एक अत्यंत भयानक आकृति वाला पुरुष बैठा हुआ था। वह अद्भुत और डरावना दिख रहा था। दोनों नरकंकाल उसके सामने जाकर खड़े हो गए और उससे कुछ कहने लगे। वे क्या कह रहे थे, यह मेरी समझ से बाहर था। लेकिन जैसे ही वह उनकी बात सुन चुका, उसकी भयानक नजरें मेरी ओर उठ

गईं और वह मुझे घूरने लगा।

तभी बाहर कहीं एक जोरदार ध्वनि हुई जैसे जोर से बिजली कड़कड़ाई हुई हो। इसके साथ ही बिजली की एक तीव्र चमकार भी हुई और एक बार फिर से पश्चात बिजली की भयंकर गर्जना हुई। पल भर के लिए ऐसा लगा मानो आकाश फटकर धरती पर गिर पड़ा हो। इस अप्रत्याशित घटना से मैं भीतर तक कांप गया। कुछ समझ नहीं आ रहा था कि आखिर हो क्या रहा है।

अभी मैं इससे कुछ अधिक सोच पाता मेरी दृष्टि दोनों ओर बैठे हुए अन्य लोगों लोगों पर पड़ गई। मैं बेहोश होते होते बच गया। बात ही कुछ ऐसी थी। ऐसा दृश्य मैंने शायद आज तक के जीवन में कभी भी नहीं देखा था। सभी बैठे हुए सदस्यों की आकृति तो क्या उनका पूरा का पूरा शरीर ही इस प्रकार से वीभत्स था कि कोई भी प्राणी देख कर खड़ा नहीं रह सकता था। किसी सर पर धड़ नहीं था और वहाँ से रक्त बह रहा था तो किसी के दोनों आँखें ही बाहिर की ओर निकली हुई थी। नीचे का धड़ ही गायब था तो कोई बीच से कटा हुआ एक ओर को झूल रहा था। किसी के शरीर में से रक्त के साथ साथ ही पीक सी बाह रही थी। किसी के शरीर का अंदर का भाग उसके कटे हुए शरीर से बाहिर निकला हुआ था। किसी के शरीर से उसका अस्थिपंजर ही उसके शरीर से बाहर निकला हुआ दिखाई दे रहा था। वीभत्स दृश्य को देखते हुए मेरी सांसे ही मानों थम सी गई थी। मुझे लग रहा था कि जैसे मैं अब गया की तब गया। किसी भी क्षण मुझे हार्ट अटैक हो सकता है। कुछ ही क्षण में मेरे प्राण मेरे शरीर से निकल जाएंगे और मेरे शरीर को लौंथ यहां पर गिर जाएगी, या फिर सामने उपस्थित

कंकालों में से कोई एक सहसा ही मुझ पर झपटेगा और मेरे शरीर से मेरे प्राणों को खींच कर ले जाएगा। मेरा शरीर तो क्या मेरी रुह तक भी कांपने लगी थी।

उसी समय वहां पर एक ओर भयंकर दृश्य मेरी आंखों के सामने आ गया। बायीं ओर के खुले भाग की ओर अभी तक मेरी दृष्टि ही नहीं गई थी। जैसे ही उस ओर मेरी दृष्टि गई तो मैंने देखा कि वहां छत से एक बहुत ही खूबसूरत युवती लटक रही थी। जिसके चारों ओर यह भयंकर नर कंकाल नाचते हुए शोर मचा रहे थे और उचक उचक कर उसे नोच रहे थे और उसके शरीर का जो भी भाग उनके हाथ में आ रहा था उसे खा रहे थे। वह युवती अभी जीवित थी और मौत के भय से बुरी तरह से चिल्ला रही थी। जिसे देखते ही मेरे मुंह से भी जोरदार चीख निकल गई और एक बार फिर मैं बेहोश होते होते बचा।

अभी इससे पहले कि मेरे साथ कुछ भयंकर घटना घटित होती सिंहासन पर बैठे हुए भयानक आकृति वाले पुरुष ने कर्कश आवाज़ में कहा, "हे युवक ! इस जाल में तो तुम फंस ही चुके हो, अब यह जान लो कि तुम्हारी मौत निश्चित है। अब कुछ ही क्षणों में तुम्हारी गति भी हमारी भाँती ही होने वाली है। यह यहां पर जो भी नर कंकाल हैं, यह भी पहले कभी तुम्हारी ही भाँति सूंदर तथा हष्ट पुष्ट हुआ करते थे, किन्तु यहाँ इस हवेली में आने के पश्चात उनकी ऐसी हालत हो गई ।"

चारो और बहुत बहुत ही डरावनी खामोशी सी छा गई थी। यहां तक कि किसी भी प्रकार की कोई आहट या हलचल नहीं हो रही थी। तभी उस भयानक आकृति फिर से कहना आरम्भ किया, "इस से बचने का एक ही उपाय हो सकता है।"

क्षणभर रुक कर उसने फिर से कहना आरम्भ किया,"तुम्हारे दायीं और तुम्हें एक द्वार दिखाई दे रहा होगा। इस द्वार के बगल में दो द्वारपाल खड़े हैं। उनके सामने ही एक टेबुल है और टेबुल पर उस द्वार की दो चाबियाँ पड़ी हुई हैं। तुम दोनों में से किसी एक को उठा कर द्वार खोल सकते हो और इस हवेली से बाहर जा सकते हो। द्वारपाल स्वयं ही पीछे हट जाएंगे। किन्तु यह इतना सरल नहीं है। इसमें सब से बड़ी कठिनाई यह है इन दोनों चाबियों में से एक इस हवेली के श्राप से जुड़ी हुई है। उसे हाथ लगाते ही तुम्हारे शरीर पर का मांस गलने लगेगा और तुम्हारी दशा भी हमारी भांति ही हो जाएगी। दूसरी चाबी ही सही है। जिसका पता तुम्हें सिर्फ द्वारपाल ही दे सकते हैं।

तुम उन से पूछ भी सकते हो और वो तुम्हें बताएंगे भी, किन्तु इस में सब से बड़ी एक समस्या यह है कि दोनों द्वारपालों में से एक ही सच बोलता है, दूसरा हमेशा ही, झूठ बोलता है। अब ! यह तुम पर या तुम्हारे भाग्य पर ही निर्भर करता है कि तुम सही चाबी उठा कर इस श्रापित हवेली से बाहर निकल पाते हो या नहीं या फिर हमारे ही साथी बन जाओगे।" कहते हुए उसने भयंकर अट्टहास किया। मेरी रूह एक बार फिर से काँप गई।

(5)

मुझे स्पष्टतया अपने सामने अपनी मौत दिखाई दे रही थी। शीघ्र ही मैं भी इन नरकंकालों में शामिल होने वाला हूँ। बचाव का कोई उपाय ही नहीं सुझाई दे रहा था। कैसे मुझे पता चले कि कौन सी चाबी सही है। किस द्वारपाल से मैं यह पूछूं और कौन मुझे सही बताएगा। यह एक बड़ी उलझन थी। इसे सुलझाए बिना मेरा बचना संभव नहीं था। अपने चारों और मुझे अन्धकार ही अंधकार दिखाई दे रहा था।

किन्तु इस सब के उपरांत भी प्रकाश की एक किरण मुझे दिखाई दे रही थी। यदि मेरी बुद्धि और भाग्य भी मेरा साथ दे तो मैं सही चाबी प्राप्त सकता हूँ और यहां से मुक्त हो सकता हूँ। इसके लिए मुझे सोचना था और शायद समय बहुत ही कम था। अगले ही पल कुछ भी हो सकता था।

उसी समय सिंहासन पर बैठे हुए भयानक आकृति वाले पुरुष ने मेरी मन की उलझन को भांप लिया और अपनी कर्कश आवाज़ में कहा, "घबराने की बात भी नहीं है। तुम्हारे पास समय की कोई कमी नहीं है। तुम आयुपर्यन्त भी सोच सकते हो, रोटी पानी के बिना जब तक भी तुम जीवित रह सकते हो सोच सकते हो। इसके पश्चात जब तुम भूख प्यास से व्याकुल हो कर गई पड़ोगे, तो तब यह मेरे साथी आगे बढ़ कर तुम्हारे शरीर के स्थान स्थान पर से तुम्हारा मांस छील –

छील कर उतार लेंगे और तुम्हें भी अपना ही साथी बना कर अपने साथ ही बैठा लेंगे।" कह कर उसने एक बार फिर भयंकर अट्टहास किया।

यह तो और भी भयंकर था। किन्तु फिर भी यह सोचकर थोड़ी से राहत मिली कि जब तक मैं भूख प्यास से व्याकुल हो कर गिर नहीं जाता, तब तक तो मेरे पास समय है सोचने का।

अब यह अलग बात थी कि ऐसे भयानक वातावरण में एक पल भी रहना पल पल की मौत के सामान ही था।

कहते भी हैं डर के साए में मनुष्य का दिमाग भी काम नहीं करता। मुझे भी कुछ समझ में नहीं आ रहा था कि ऐसी परिस्थिति में क्या करूं।

हां ! एक बात अवश्य है कि ऐसे अवसर पर मनुष्य को उसे भगवान अवश्य ही याद आते हैं। तुरंत ही मैं गायत्री मंत्र का जाप करने लगा। इसके साथ साथ ही मैंने हनुमान चालीसा भी पढ़ डाला।

**"जय हनुमान ज्ञान गुण सागर
जय कपिश तिहुं लोक उजागर...."**

हनुमान चालीसा समाप्त होते ही मैंने हनुमान जी से प्रार्थना की, है वीर बजरंग बली। हे ! राम भक्त हनुमान रक्षा करो।"

तभी अंधेरे में जैसे प्रकाश की एक किरण सी कौंध गई। मुझ में एक प्रकार का साहस का संचार हुआ। मैं दायीं ओर खड़े एक द्वारपाल की ओर बढ़ा। स्वयंमेव ही मेरे हाथ ऊपर उठ गए और मैंने उन्हें प्रणाम किया। फिर उनमें से एक को संबोधित करते हुए पूछा, "भाई साहब !

यदि मैं आप के साथी से यह पूछूं कि सही चाबी कौन सी है तो वह क्या उत्तर देगा?"

मेरे इतना कहते ही उसने अपने समीप रखी हुई चाबी की ओर इशारा कर दिया।

एक पल के लिए तो भयवश मैं सिकुड़ सा गया 'अब' ?

फिर मैंने सोचा, इसके अतिरिक्त अन्य कोई उपाय भी नहीं है। जो होगा सो देखा जाएगा। यदि ईश्वर की यही इच्छा होगी तो मैं इसमें कुछ भी नहीं कर सकता।

यह सोचकर मैंने साहस पूर्वक आगे बढ़ा और जिस चाबी की ओर उसने ईशारा किया था, उससे विपरीत रखी हुई चाबी को उठा लिया।

इसी के साथ दोनों द्वारपाल अपने अपने स्थान से पीछे हट गए। मेरे भीतर साहस के साथ साथ ही आशा का भी संचार हुआ। मैं धीमे धीमे द्वार की ओर बढ़ा। कहीं किसी प्रकार की कोई अप्रिय हलचल नहीं हुई। मैंने आगे बढ कर चाबी द्वार में लगा दी। तुरंत ही द्वार खुल गया और मैं द्वार से बाहर आ गया। इसके साथ ही जब मैंने पीछे मुड़कर देखा तो मुझे भय का ही एक झटका सा लगा। वहां पर कुछ भी नहीं था। ना द्वारपाल, ना नरकंकाल और ना ही वो भयंकर भूतहा हवेली। कुछ भी नहीं था वहां पर।

(6)

अब मैं उसी स्थान पर था, यहां गिर कर मैं बेसुध हो गया था। यहां से दायीं और चलने पर मेरा घर दो किलोमीटर दूर था। यहां बाग़ का भाग थोड़ा ही रह गया था। लगभग पचास गज। इसके आगे एक किलोमीटर खेत खलिहान थे और नागदेवता का एक मंदिर था। इसके आगे आधा किलोमीटर का मार्ग उच्चतर माध्यमिक स्कूल के बीच से होकर गुजरता था और फिर किलोमीटर का मार्ग हमारे गांव से होकर हमारे घर तक पहुंचता था।

आगे मार्ग में चांदनी का प्रकाश होने से अंधकार अपना पूर्ण अधिकार नहीं जमा पा रहा था। कहीं कहीं झाड़ झंकार का सहारा लेकर ही यह अपना प्रभाव दिखा पाने में सफल हो रहा था। किन्तु, चूंकि यह सारा मार्ग ही मेरा देखा भाला हुआ था और हम आमतौर पर इस मार्ग पर से आते जाते रहते ही थे, इसलिए अब मैं चांदनी का सहारा पाकर कुछ निश्चित एवं सुरक्षित महसूस कर रहा था।

फिर भी भयावह बीते हुए समय का प्रभाव मूल पर अब भी था। अब भी मैं भीतर ही भीतर से डरा और सहमा हुआ सा महसूस कर रहा था। किन्तु जैसे जैसे मेरे पांव मुझे उस भयावन स्थान से दूर लिए जा रहे थे, मुझे कुछ राहत का अनुभव हो रहा था।

किन्तु लगता था कि मुझ पर से मौत का साया अभी भी टला नहीं था। मैं निश्चिंत होकर आगे बढ़ रहा था कि जैसे ही मैं थोड़ा आगे

गेट तक पहुँचा, यहाँ बाग की हद समाप्त हो रही थी तो सहसा ही मेरी दृष्टि सामने मार्ग के बीचों बीच स्थान पर ठहर कर रह गई। यहां कोई सफेंद चद्दर ओढे सो रहा था। यह तो नहीं मालूम कि वो कौन था, कोई औरत दी या मर्द था किन्तु जो भी था, उसकी लम्बाई बहुत अधिक थी। कम सै कम नौ फीट तो होगी ही। इसलिए उसके ऊपर ओढी हुई चद्दर पूरी तरह से उसको ढक नहीं पा रही थी और उसके पांव बाहर निकले हुए थे। निश्चिंत रूप से ही स्साला कोई शराबी ही होगा, जो यूं ही चद्दर औढकर बीच सड़क में सो गया है और सारा मार्ग ही अवरुद्ध कर दिया है। मूझे उस पर बहुत क्रोध आया।

पहले तो मेरा मन किया कि इसे जोर से ठोकर मारूं और पूछूं कि इस प्रकार मार्ग के बीचों बीच क्यों लेटा हुआ है। शराब ही पीनी थी तो इतनी अधिक क्यों पी ली कि घर तक भी नहीं पहुँच सका। थोड़ी कम पानी थी और फिर घर जाकर आराम से सोना था। किन्तु दूसरे ही क्षण मैंने सोचा कि ओर न कोई बखेड़ा बन जाए। पहले ही इतनी कठिनाई से मौत के मुंह से बचकर निकला हूं। मैंने एक ओर से बच कर निकल जाने की सोची। मैं थोड़ा आगे बढ़ा और आगे बढ़ कर यहां पर से उसके पैरां पर चद्दर नहीं थी, खींच कर उनके ऊपर डाल दी। किन्तु तभी मैं यह देख कर आश्चर्य चकित होकर रह गया। जैसे ही मैंने चद्दर खींच कर उसके पैरों को ढका, उसके चेहरे पर से चद्दर हट गई और उसका चेहरा नंगा हो गया।

मुझे लगा कि शायद चद्दर छोटी है। किन्तु ऐसा लग नहीं रहा था। मैंने फिर घूम कर उसके सर की ओर जाकर उसे ढांपने की सोची।

अभी मैं यह सोच ही रहा था कि तभी जैसे रेलवे क्रासिंग पर लगा हुआ बैरियर ट्रेन जाने के पश्चात ऊपर उठने लगता है, वैसे ही वो व्यक्ति भी उठता हुआ सीधा खड़ा होने लगा।

मैं चौंक कर एकदम से पीछे हट गया। जैसे जैसे ही वो मुर्दा (अब तो मैं उसे मुर्दा ही कहूंगा) सीधा खड़ा हो रहा था, वैसे वैसे ही उसके शरीर पर ली हुई चद्दर केले के छिलके की भांति धीरे धीरे सरकती हुई नीचे गिर रही थी। मेरी तो मानों सिट्टी बिट्टी ही गुम हो गई। मेरी तो दशा अब ठीक वैसे ही हो गई थी जैसा कि कहते हैं न कि 'शेर के मुंह से बच गए और अजगर का मुंह तैयार।'

समझ में नहीं आ रहा था कि अब करूं भी तो क्या करूं? मेरे दिल की धड़कन तेज हो गई थी। अब इसके पहले कि मैं इस गले पड़ी विपत्ती से बचने का कोई उपाय ढूंढ पाता, सामने खड़े मुर्दे का एक हाथ ऊपर उठने लगा। इसके साथ ही उसके मुंह से घरघराता हुआ स्वर निकला, 'घबराओ नहीं। हालांकि आज तुम्हारी ग्रह दशा ठीक नहीं है। आज तुम पर भारी विपत्ती की दशा है, फिर भी तुम एक अच्छे इन्सान हो। तुम मुझे देख भयभीत होकर भागू नहीं बल्कि मुझ पर चद्दर ओढा कर एक अच्छा कार्य करने का ही प्रयास किया। इस लिए मैं भी इस परिस्थित में तुम्हारी यथासंभव हर प्रकार की सहायता करुंगा। आओ मेरे साथ। इतना कहकर उसने मुझे अपने पीछे आने का ईशारा किया।

अब मेरे सामने उसके पीछे पीछे चलने या उसकी कही हुई बात मानने के अतिरिक्त अन्य कोई विकल्प भी नहीं था। इसलिए डरते सहमते हुए मैं उसके पीछे पीछे चल पड़ा।

वह हमारे गांव की अर्थात हमारे ही घर की दिशा में बढ़ने लगा।

मेरी समझ में नहीं आ रहा था कि वह मुर्दा अंतत: मुझ से चाहता क्या है? मैं उसकी बातों पर विश्वास करूं या ना करूं। ना करूँ तो करूँ भी क्या? मन ने सोचा यदि उसने मेरा अनिष्ट ही करना होता तो अब तक कर चुका होता या मुझे इसका आभास हो जाता, किन्तु ऐसा कुछ लगता नहीं था। उसके कहे अनुसार ही मैंने उसके साथ भलाई ही करने का प्रयास किया था कोई बुरा तो नहीं। फिर यह मेरे साथ बुरा क्यों करेगा। अच्छाई का भी तो कोई मतलब होता ही है। पशु पक्षी तक, यहां तक की चोर डाकू तक भी अपने साथ की हुई अच्छाई को कभी नहीं भूलते तो यह भी तो मुमकिन है कि यह भूत पिशाच भी अपने में कोई अच्छाई का भाव रखते ही हों। यह सोच कर मैं उसके पीछे पीछे चल पड़ा।

अभी हम थोड़ा ही आगे गए थे, यहां से बायीं ओर कोई आधा किलोमीटर नाग देवता का मंदिर था। सहसा ही मुझे कुछ समय पहले गांव में ही हुई एक दुर्घटना का स्मरण हो आया।

इस मार्ग से पहले ही कुछ खेत थे यहाँ कुछ भाग में तो धान वगैरह की फसल लगती थी और कुछ भाग में विभिन्न प्रकार के पेड़ पौधे लगे हुए थे। जिनमें से कुछ तो फलदार थे और कुछ ऐसे थे जिनकी पत्ते पशुओं के चारे और लकड़ी जलाने के काम आती थी। यह भाग भी एक तरह से जंगल का ही एक भाग बन गया था।

पिछले साल की ही बात है, कि हमारे गांव के ही एक युवक ने तड़के सुबह यहां आकर गले में रस्सी डाल कर और पेड़ से लटक कर आत्महत्या कर ली थी।

इस बात का ध्यान आते ही मेरा मेरी दृष्टि स्वत: उस दिशा की ओर चली गई।

वहाँ पेड़ों के झुरमुट में मुझे एक डाल से रस्सी के सहारे लटकी हुई एक लाश दिखाई दे रही थी। हालांकि वो पेड़ हम से दो तीन सौ मीटर के फासले पर तो था ही मुझे, फिर भी यूँ लग रहा था कि जैसे उसकी लाल अंगारे सी धधकती हुई आंखें मुझे लगा कि जैसे वो लाश मुझे ही घूर रही थी।

सहसा ही मुझे जोर की पुकार सुनाई दी। जैसे वो लाश मेरा नाम लेकर मुझे पुकार रही थी, "राजन.....राजन...राजन".....! एक बार ! दो बार और फिर तीन बार ! हर पुकार के साथ साथ ही उसकी आवाज और भी कर्कश तथा भयानक होती जा रही थी।

घबरा कर मेरी दृष्टि सहायता के लिए साथ चल रहे मुर्दें की तरफ उठ गई। वह अपने निश्चित भाव से चल रहा था। जैसे उसे कुछ सुनाई ही ना दिया हो।

अब मेरी दृष्टि फिर उस लाश की ओर चली गई। मुझे लगा कि अभी जैसे वो लाश पेड़ से कर उड़ती हुई सीधा मेरी ओर आएगी और मुझे दबोच का अपने साथ ले जाएगी और हुआ भी कुछ ऐसा ही।

वो लाश जैसे मेरी आँखों के आकर्षण से ही सीधा उड़ती हुई आयी जैसे विक्रम बेताल की कहानी में लाश विक्रमादित्य के कंधे से उतर कर उड़ती हुई फिर से शमशान में स्थित उस पेड़ पर ही चली जाती है। उसी प्रकार वो भी सीधा मेरे सामने आकर खड़ी हो गई।

मुझे चलते चलते रुक जाना पड़ा। मेरे साथ ही मेरे साथ चल रहा

वो मुर्दा भी रुक गया। किन्तु वो इस सब से बेपरवाह सा लग रहा था। उसने उचटती हुई निगाह मुझ पर और मेरे सामने खड़ी लाश पर डाली, "इससे भयभीत होने वाली बात नहीं है। यह तुम्हें किसी भी प्रकार की हानि नहीं पहुंचाएगी। वैसे भी यह तुम्हारे गांव का वह युवक ही है जिसने कुछ समय पहले यहां आकर आत्महत्या कर ली थी। यह सिर्फ तुम्हें कुछ कहना चाहती है। एक प्रकार से प्रार्थना करना चाहती है। इस की बात ध्यान से सुनना और फिर अपनी समझदारी से काम लेना।" इसके पश्चात क्षणभर के लिए रुककर उसने फिर कहा, "अब वैसे भी मेरी यहां कोई आवश्यकता नहीं है। यदि आवश्यकता हुई भी तो यह युवक ही तुम्हारी सहायता भी करेगा। मैं यहां से चलता हूँ।" इतना कहकर वह मुर्दा यूँ हो गया जैसे कहते हैं न घोड़े के सर से सींग।"

उसके जाते ही मेरे पास खड़ी उस युवक की लाश ने अपनी घरघराती हुई आवाज़ में कहना आरम्भ किया, "तुम मुझे तो जानते ही हो और मेरे परिवार को भी। मैं जगदीप सिंह हूं, जिसे सभी जग्गा, जग्गा कहते थे। गांव में हमारा एक अच्छा परिवार था।

सभी सुख चैन से रह रहे थे। सहसा ही मेरा दिमाग कुछ ऐसा खराब हुआ कि मैंने किसी को भी अपनी परेशानी नहीं बताई और चुपचाप यहां आ पेड़ से लटक कर आत्महत्या कर ली। वो मेरी जीवन की सब से बड़ी भूल थी। ना कुछ सोचा ना विचारा और अपने सारे परिवार को यूँ असहाय छोड़ कर अपने आप को समाप्त कर लिया।

इसमें किसी का क्या गया ? कुछ भी तो नहीं। हानि हुई भी तो

मेरे परिवार की या फिर मेरी ही जान गई। अब अनाथ है तो मेरा परिवार। एक मेरी मूर्खता के कारण सब कुछ ही समाप्त हो गया और अब देखो ! मैं भी अकाल मृत्यु और अवगति होने के कारण प्रेत योनी में भटक रहा हूं।" कहते कहते वह भावुक सा हो गया। लगा कि जैसे वह रो रहा था। मुझे नहीं लगता था कि भूत पिशाच भी भावुक होते होंगे और रोते होंगे। कुछ क्षण पश्चात उसने फिर कहना आरम्भ किया, 'अब मित्र ! वैसे तो मेरे जैसी प्रेत आत्माओं का कौन मित्र हो सकता है। फिर भी मैं तुम्हें मित्र ही कह रहा हूं। मेरी तुमसे एक प्रार्थना है। मेरा एक काम कर दो। इससे एक तो मेरी गति हो जाने से मुझे इस प्रेत योनी से मुक्ति प्राप्त हो जाएगी और दूसरा ऐसा काम जिससे मुझे फिर से जन्म लेना पड़ सकता है वो भी हो जाएगा।"

"मैं इसमें तुम्हारी क्या सहायता कर सकता हूं?" अब तक मुझ में भी कुछ साहस का संचार हो चुका था। मैंने साहस कर पूछा।

"तुम इसमें मेरी बहुत सहायता कर सकते हो, बल्कि तुम्हारी ही सहायता की इस समय मुझे आवश्यकता है।"

"बताओ मुझे। मुझसे जो भी सहायता सम्भव होगी, मैं अवश्य ही करूंगा।"

"इसके लिए सब से पहले तुम्हें उस आम के वृक्ष के नीचे चलना होगा यहां मेरी मृत्यु हुई थी। उस पेड़ के तने में पृथ्वी के पास एक अलग से शाख निकली हुई है। उस शाख के साथ ही तुम्हें दो फीट गहरा गड्ढा खोदना होगा। उस गड्ढे में तुम्हे एक आधा लीटर वाली शीशी मिलेगी। उस शीशी में मेरे हाथ की लिखी हुई एक चिट्ठी मिलेगी

और बस उस चिट्ठी में ही सब कुछ लिखा है, जिसे तुम पढ़ कर मेरी सहायता कर सकते हो।"

उसकी बात सुनकर मुझे कुछ उत्सुकता भी हुई कि अंततः उस चिट्ठी में क्या लिखा होगा, किन्तु इस समय मुझ में इतना साहस भी नहीं था कि मैं एक लाश के साथ जंगल में जाऊं और उसके कहे अनुसार ही कार्य करूं। अब फिर मेरी कुछ ऐसी ही स्थिति हो गई कि मुझे सुझाई नहीं दे रहा था कि मैं क्या करूं।

फिर सहसा ही ध्यान में आया कि चाहे कुछ भी हो इस प्रेतात्मा को मुझ से मतलब है। यह मुझे हानि तो पहुंचाएगी नहीं। इसलिए मैंने साहस कर उससे कहा, 'जग्गी ! मैं तुम्हारी सहायता अवश्य ही करूंगा, किन्तु इस समय मेरा स्वास्थ्य कुछ ठीक नहीं है। मैं शीघ्र ही आऊंगा और जैसा तुमने कहा है, वैसा कर के तुम्हारी आत्मा को मुक्ति दिलाने में सहायता करूंगा।"

जगदीप ने भी शायद समझ लिया था कि मुझे विवश कर काम करवाना ठीक नहीं रहेगा। इसलिए उसने हामी भर दी, 'ठीक है। जैसा तुम ठीक समझो। किन्तु शीघ्र ही इस गति से मुक्त होने में मेरी सहायता करो।"

"अवश्य ! जब मैंने कह दिया है तो तुम्हारी सहायता अवश्य ही करूंगा।" कहते हुए मैं चलने लगा।

"ठीक है। मुझे प्रतीक्षा रहेगी।"

"ठीक है।" मैंने कहा और मैं एक बार फिर से अपने मार्ग पर चल पड़ा।

अब तुम्हें डरने की कोई बात नहीं। अब निश्चिंत होकर तुम अपने घर जा सकते हो।

(7)

अब भले ही जगदीप सिंह की प्रेतात्मा ने मुझे दिलासा दे दिया था और निश्चिंत होकर घर जाने को कहा था, लेकिन जिस भयावह वातावरण से होकर मैं अभी-अभी निकला था, उसका प्रभाव मुझ पर अब भी गहराई से छाया हुआ था। यह सिर्फ मैं ही समझ सकता था, कोई और नहीं।

मैं चल तो रहा था, लेकिन टांगों में जैसे जान ही नहीं बची थी। पूरा शरीर पसीने से तर-बतर हो चुका था, और मन में एक अजीब-सी कंपकंपी बनी हुई थी। ऐसा भय मुझे तब भी महसूस नहीं हुआ था, जब मैं उन घटनाओं के बीच फंसा हुआ था, जितना अब हो रहा था। यह क्यों हो रहा था, इसे समझना मेरे बस के बाहर था।

मन ही मन मैं अत्यधिक भयभीत था। ऐसा महसूस हो रहा था कि अगले ही पल मैं बेहोश होकर गिर जाऊंगा। हालांकि प्रेतात्मा ने कहा था कि अब मुझे किसी चीज से डरने की जरुरत नहीं है और मैं सुरक्षित घर जा सकता हूं, फिर भी मुझे ऐसा लग रहा था जैसे उसने मुझसे झूठ बोला हो और अगले ही क्षण वह मुझे मार डालेगी। ये खयाल दिमाग में आते ही मेरा डर और बढ़ गया, लेकिन मैं कंपकंपाते कदमों से आगे बढ़ता रहा।

किसी तरह घर पहुंचा तो देखा कि घर में सभी लोग मेरी चिंता में डूबे हुए थे। अब तक तो मुझे लौट आना चाहिए था।

"क्या बात है? क्या हुआ? आपके चेहरे का रंग इतना उड़ा हुआ क्यों है?" मेरी पत्नी ने मुझे देखते ही एक के बाद एक कई सवाल दाग दिए।

"नहीं, कुछ नहीं हुआ। क्या होना था?" मैंने सामान्य सा उत्तर दिया। परंतु मैं उसे बताता भी तो क्या बताता? सब कुछ बताना न तो संभव था और न ही उचित।

"नहीं, कोई तो बात है। और ये आपके कपड़े! ये इतने कीचड़ से कैसे लथपथ हो गए? कहीं गिर गए थे क्या?" मेरी पत्नी जैसे किसी जासूस की तरह मुझसे सवाल पर सवाल किए जा रही थी।

अब मैं उसे क्या बताता! अगर सच बताया, तो वह भी डर से कांप जाती, और अगर कुछ भी न कहता, तो वह इतनी आसानी से मेरा पीछा छोड़ने वाली नहीं थी।

"हाँ, पैर फिसलने से गिर गया था," मैंने आधा सच बोलकर बात खत्म करनी चाही।

"तो फिर आपके चेहरे का रंग क्यों उड़ा हुआ है? कहीं भूत-वूत तो नहीं देख लिया?" पत्नी की इस बात पर, 'भूत' शब्द सुनते ही मेरे शरीर में फिर से सिहरन दौड़ गयी।

अब मुझे यह समझ आ गया था कि मेरी पत्नी जासूस की तरह तह तक पहुंचे बिना मानने वाली नहीं है।

"नहीं यार! भूत-वूत कहाँ दिखाई देता है," मैंने झुंझलाते हुए जवाब दिया, बस पीछा छुड़ाने की कोशिश में।

"अच्छा ! भीतर चलिए और हाथ – मुँह धोकर कपड़े बदल

लीजिए। देखिए तो, कितने कीचड़ में सने हुए हैं। और चेहरा! ऐसा लग रहा है, जैसे सैकड़ों भूत एक साथ देख लिए हों," वह बड़बड़ाते हुए बोली।

मैंने कुछ नहीं कहा। कहता भी तो क्या? चुपचाप कुर्सी पर बैठकर कपड़े बदलने लगा।

"पहले आप चाय पीएँगे, या सीधा खाना लगा दूं?" उसने पूछा।

"चाय बना दो। खाने की भूख नहीं है," मैंने उत्तर दिया। सच कहूँ तो चाय का भी मन नहीं था, लेकिन उसकी सवालों से पीछा छुड़ाने के लिए चाय पीने की हामी भर दी।

कुछ ही देर में वह चाय बनाकर ले आई। चाय मेरे पास रखते हुए उसने मेरे माथे पर हाथ रखा। माथा अब भी ठंडे पसीने से भीगा हुआ था।

"अरे!" उसने चिंहुकते हुए अपना हाथ पीछे खींच लिया, "आपको तो तेज बुखार हो गया है।"

"चाय पीने के बाद थोड़ा-सा खाना खा लीजिए और फिर पेरासिटामोल लेकर सो जाइए।"

"नहीं! मुझे बिल्कुल भूख नहीं है,"मैंने चाय का कप एक ओर रखते हुए कहा और बिस्तर पर लेट गया।

"ठीक है, मैं दवाई ले आती हूँ। आप खा लीजिए और चुपचाप सो जाइए," कहते हुए वह अलमारी से पेरासिटामोल की गोली निकाल लाई। उसने मेरे हाथ में गोली दी और गर्म पानी लेने चली गई।

मैंने पानी का गिलास हाथ में लिया, गोली खाई और चुपचाप चादर

ओढ़कर लेट गया। नींद तो दूर-दूर तक नहीं थी। शरीर ठंड से कांप रहा था, हालांकि सितम्बर का महीना था और मौसम में ठंडक नहीं थी। अभी तक गर्मी ही परेशान कर रही थी। यह ठंड और कंपकंपी शायद मेरे भीतर के डर और बुखार का परिणाम थी।

भले ही मैं खुद को कितना भी दिलेर मानता, लेकिन अंततः इंसान ही तो हूँ। डर और मानसिक तनाव का असर होना स्वाभाविक ही था। इन्हीं विचारों में उलझा, मैं सोने की कोशिश करने लगा।

मेरे साथ एक और समस्या थी—मैं कभी भी सीधा चित नहीं सो सकता था। आदत ही नहीं थी। बाईं करवट सोने से लगता, जैसे हृदय पर बोझ पड़ रहा हो, और मैं डरावने सपने देखकर चिल्ला पड़ता। इसलिए आमतौर पर दाईं करवट सोने का प्रयास करता था।

दाईं ओर की दीवार में चार पल्लों वाली बड़ी खिड़की थी, जो खेतों की ओर खुलती थी। चांदनी में बाहर के खेत-खलिहान और पेड़-पौधे बहुत सुंदर लगते। मैं उन्हें देखता और देखते-देखते ही सो जाया करता था।

लेकिन आज की बात कुछ और थी। जब पत्नी ने आकर बिजली बंद की और हालचाल पूछने के बाद सोने चली गई, तब भी मैं जागा हुआ था। नींद जैसे कोसों दूर थी।

खिड़की की ओर देखते ही ऐसा लगता, जैसे अभी-अभी कोई वहाँ से गुजरा हो। जब कुछ देर बाद फिर दृष्टि उठाता, तो ऐसा प्रतीत होता कि खिड़की के बाहर कोई प्रेतात्मा मुझे घूर रही है और मेरी नज़र पड़ते ही गायब हो जाती है।

इन्हीं खयालों के बीच कब नींद आ गईं, पता ही नहीं चला। लेकिन ठंड और बुखार बार-बार परेशान करते रहे। मेरी पत्नी दो बार उठकर थर्मामीटर से बुखार नापा और चाय भी बनाकर दी। आधी रात के बाद उसने मुझे पेरासिटामोल और एंटीबायोटिक की एक-एक गोली दी।

दवाइयों का असर हुआ। कुछ आराम मिला, और आखिरकार मुझे गहरी नींद आ गई।

दूसरे दिन सुबह मेरा बुखार उतर चुका था। मैंने सुबह चाय पी, लेकिन नहाने की इच्छा के बावजूद मेरी पत्नी ने मुझे मना कर दिया। उसने कहा कि ब्रेकफास्ट के बाद एक और पेरासिटामोल और एंटीबायोटिक लेकर आराम करूँ। मानने के अलावा मेरे पास कोई और विकल्प भी नहीं था।

रात की घटनाएं और मेरा अनुभव बार-बार मेरे दिमाग में घूम रहे थे। ये विचार मेरे स्वास्थ्य पर भी असर डाल रहे थे। घरवालों ने शाम को डॉक्टर के पास ले जाने की सलाह दी।

जग्गी से किया हुआ वादा भी मुझे याद आ रहा था। मैंने उसे वचन दिया था कि जहाँ उसने आत्महत्या की थी, उस स्थान पर जाकर पेड़ के नीचे खुदाई करके वह शीशी निकालूँगा, जिसे वह अपनी आत्मा की मुक्ति के लिए आवश्यक बता रहा था। लेकिन खराब स्वास्थ्य के कारण मैं वहाँ नहीं जा सका। मुझे चिंता थी कि मेरी वायदा-खिलाफी से वह मुझसे नाराज़ न हो जाए और कोई संकट न आ जाए। परंतु इस स्थिति में मैं वहाँ जा भी नहीं सकता था। मजबूरी

में सबकुछ भाग्य के भरोसे छोड़ देना पड़ा।

शाम को डॉक्टर के पास गया। उन्होंने अच्छे से जांच करके कहा कि चिंता की कोई बात नहीं है। यह सामान्य बुखार है, जो आराम करने और दवा लेने से ठीक हो जाएगा।

इसके बावजूद, एक सप्ताह तक मेरी तबीयत पूरी तरह ठीक नहीं हुई। कई बार रात को सोते समय मुझे बुरे सपने आते और मैं डर कर चीख उठता। तब किसी के सुझाव पर मुझे एक 'सयाने' से मिलने की योजना बनाई गई।

हमारा परिवार पढ़ा-लिखा था और इन चीजों पर विश्वास नहीं करता था। मैं भी इन बातों को तर्कहीन मानता था, लेकिन परिस्थितियाँ कभी-कभी इंसान को ऐसे रास्ते पर ले जाती हैं, जहाँ वह अपनी मान्यताओं के विपरीत सोचने पर मजबूर हो जाता है।

दूसरे दिन हम एक पहुंचे हुए तांत्रिक से मिलने गए। तांत्रिक का स्थान बहुत ही रहस्यमय था। वहाँ अकेले रहना किसी साहस से कम नहीं था। कक्ष में धूप और अगरबत्ती का धुआं भरा हुआ था। दीवारों पर अजीबोगरीब और डरावनी वस्तुएँ टंगी थीं। फर्श पर तांत्रिक के सिंहासन के सामने एक इंसानी खोपड़ी रखी थी, जो ऐसा लग रहा था जैसे मुझे घूर रही हो। एक ओर दीपक की लौ जल रही थी, और उसके पास हल्दी, चंदन, और सिंदूर बिखरा हुआ था।

तांत्रिक कुछ समय तक मेरी ओर टकटकी लगाए देखता रहा। फिर उसने जैसे कोई निर्णय लिया और गंभीर स्वर में बोला, "चिंता मत करो। मैं तुम्हारी समस्या की जड़ तक पहुँच चुका हूँ। यह बीमारी

नहीं है, बल्कि तुम पर कई प्रेत आत्माओं और पिशाचों का साया है।"

यह सुनकर मेरे रोंगटे खड़े हो गए। उसने मुझे थोड़ी-सी भभूत खाने को दी और गले में एक ताबीज बांध दिया। इसके साथ ही उसने कुछ उपाय करने को कहा और एक सप्ताह बाद फिर मिलने के लिए बुलाया।

अब असलियत क्या थी, यह तो भगवान ही जानता है। एक सप्ताह तक डॉक्टर की दवाइयाँ खाकर भी मैं ठीक नहीं हुआ था, लेकिन तांत्रिक के बताए उपायों से मैं दो दिन में पूरी तरह स्वस्थ हो गया।

लोग इसे अलग-अलग तरह से देख सकते हैं। हालांकि, मेरा वैज्ञानिक दृष्टिकोण था और डॉक्टरों पर मेरा विश्वास अब भी अधिक था। यह विज्ञान का युग है, और वैज्ञानिक अनुसंधानों को झुठलाना तर्कसंगत नहीं हो सकता।

फिर भी, जो हुआ वह सबके सामने था। इस अनुभव ने मेरे विश्वास को थोड़ा डगमगाया जरूर, लेकिन मैंने इसे सिर्फ एक अपवाद मानकर अपने विचारों में बदलाव नहीं आने दिया।

(8)

अब मैं पूरी तरह स्वस्थ हो गया था और सोचने लगा कि अब समय आ गया है जब मुझे जग्गी के साथ किए हुए वादे को निभाना चाहिए। एक तो मैं वादे का पक्का हूँ, और दूसरा यह कि यह वादा एक प्रेतात्मा से किया गया था। इसे तो हर हाल में पूरा करना ही चाहिए। अगर वादा पूरा न किया, तो वह प्रेतात्मा मुझसे नाराज होकर मुझे किसी भी प्रकार की हानि पहुँचा सकती है। प्रेत आत्माओं के पास तो असीमित शक्तियां होती हैं।

इन्हीं विचारों में डूबा, उस दिन मैंने तय किया कि जग्गी की प्रेतात्मा से किए गए वादे के अनुसार, मुझे उस निर्धारित स्थान पर जाना होगा। चलते समय मैंने अपने साथ एक छोटी सी खुरपी भी ले ली। बहुत अधिक खुदाई करने की आवश्यकता नहीं थी—बस एक छोटा सा गड्ढा ही तो खोदना था। इसके लिए खुरपी पर्याप्त थी।

मौसम साफ था। उस समय सुबह और दोपहर के बीच का समय था, लगभग ग्यारह बजे। हल्की-हल्की शीतलता लिए हवा के मंद झोंके बह रहे थे। निश्चित स्थान के पास पहुँच कर मैंने अपना स्कूटर एक तरफ खड़ा कर दिया। वहाँ से लगभग सौ गज की दूरी पर, दायीं ओर वह वृक्ष था, जिससे लटक कर जग्गी ने आत्महत्या की थी।

यह स्थान वैसे तो कुछ सुनसान था, लेकिन दिन के समय समीप के मार्ग पर लोगों की आवाजाही होने के कारण इतना भयावह नहीं

लग रहा था। दिन का उजाला हमेशा साहस प्रदान करता है, चाहे परिस्थिति कैसी भी हो।

थोड़ी ही देर में मैं उस वृक्ष के नीचे पहुँच गया। सबसे पहले मैंने तने के उस हिस्से को खोजने का प्रयास किया, जहां मुझे दो फीट की खुदाई करनी थी। वह स्थान जल्द ही मिल गया। मैंने खुरपी निकाली और खुदाई शुरू कर दी।

अभी दो फीट से कम ही खुदाई हुई थी कि खुरपी किसी ठोस वस्तु से टकराई। मैंने ध्यान से देखा तो यह एक शीशी थी। मैंने सावधानीपूर्वक उसे मिट्टी से बाहर निकाला। शीशी के भीतर तह किया हुआ एक कागज रखा हुआ दिखाई दिया।

मैंने शीशी खोलने का प्रयास किया, लेकिन समय के साथ मिट्टी, पानी और जंग के कारण उसका ढक्कन जाम हो गया था और खुल नहीं रहा था। कोई और उपाय न देख, मैंने शीशी को तोड़ दिया और उसमें रखे कागज को सावधानी से निकालकर अपने हाथ में ले लिया।

कागज महज एक कागज नहीं था, बल्कि एक लंबा पत्र था। मैंने उसे फिर से सावधानी से तह किया और अपनी जेब में रख लिया। इसके बाद, जल्दबाजी में गड्ढे को मिट्टी से भरने लगा। खुरपी से मिट्टी डालकर गड्ढा आधा ही भरा और फिर खुरपी लेकर अपने स्कूटर के पास लौट आया।

स्कूटर के पास पहुंचते ही उसे स्टार्ट किया और नाग देवता के मंदिर की ओर चल पड़ा। वहाँ पहुँचकर मैंने एक मनपसंद स्थान चुना और स्कूटर को खड़ा कर दिया। पास ही एक घना छायादार वृक्ष था,

जिसे देखकर मैंने उसके नीचे बैठने का निश्चय किया।

उस समय हवा लगभग थम चुकी थी, फिर भी पेड़ की ठंडी छाया में बैठकर एक अजीब-सी शांति और सुकून का अनुभव हो रहा था। मैंने अपनी जेब से पत्र निकाला और पढ़ना शुरू किया:

"मुझे यह तो नहीं मालूम कि मेरे इस पत्र को कौन पढ़ रहा है, लेकिन जो भी इसे पढ़ रहा है, उससे मेरा विनम्र अनुरोध है कि यह पत्र गोपनीय रखा जाए। इसमें बहुत कुछ ऐसा है जो मैं आपके माध्यम से दुनिया को बताना चाहता हूँ, लेकिन यह नहीं चाहता कि मेरा नाम इसके साथ जोड़ा जाए। कृपया इसे एक मृत व्यक्ति की प्रार्थना समझ कर स्वीकार करें।"

पत्र में आगे लिखा था:

"तो, यह कहानी शुरू होती है तीन साल पहले की—यानी आज से तीन वर्ष पूर्व। उसी समय जब मैंने नया-नया जनरल स्टोर का काम शुरू किया था। मुझमें काम के प्रति जोश भी था और समझदारी भी। धीरे-धीरे मेरा व्यापार बढ़ने लगा और मैं दिन-ब-दिन उन्नति करता गया।"

यहां तक पढ़ते हुए मैंने एक गहरी सांस ली। यह पत्र केवल कागज का टुकड़ा नहीं था, बल्कि किसी की अधूरी कहानी थी, जिसे मैं अनजाने में पढ़ने जा रहा था।

उन दिनों की बात है। एक दिन मेरी दुकान पर एक युवती आई। मैंने उसे सामान्य ग्राहक समझ कर ही लिया। उसने अपनी आवश्यकता का सामान लिया और चली गई। अगले दिन वह फिर आई, और उसी तरह से सामान लेकर चली गई। यह सिलसिला

चलता रहा। वह लगभग प्रतिदिन ही दुकान पर आती, कुछ सामान खरीदती और चली जाती।

शुरुआती दिनों में सब कुछ सामान्य ही था। लेकिन धीरे-धीरे उसने मुझसे बात करना और परिचय बढ़ाना शुरू कर दिया। वह बहुत खूबसूरत तो नहीं थी, लेकिन उसके नैन-नक्श काफी अच्छे थे और उसका रंग गोरा था। उसकी सरल मुस्कान और सहज व्यवहार में एक अनकहा आकर्षण था, जो किसी को भी उसकी ओर खींच सकता था।

धीरे-धीरे हमारे बीच एक-दूसरे के प्रति आकर्षण बढ़ने लगा, और इसके साथ ही आपसी प्रेम भी। अब वह लगभग हर दिन दुकान पर आने लगी। वह मेरे पास घंटों बैठती, और हम प्यार भरी बातें करते रहते।

उस समय तक मुझे उसके बारे में ज्यादा कुछ पता नहीं था। या यूं कहें कि उसने खुद के बारे में ज्यादा कुछ बताया ही नहीं। लेकिन उसने मेरे बारे में सब कुछ जान लिया था—यहां तक कि मैं शादीशुदा हूं और मेरी एक छोटी बेटी भी है। यहीं मुझ से सबसे बड़ी भूल हो गई।

कुछ समय बाद उसने बहाने बनाकर मुझसे पैसे मांगने शुरू कर दिए। पहले तो उसने दुकान से काफी सामान उधार लिया, और फिर नकद पैसे मांगने लगी। जब उसकी मांगों को पूरा करना मेरे लिए मुश्किल हो गया, तो उसने मुझे ब्लैकमेल करना शुरू कर दिया। उसने धमकी दी कि वह पुलिस में रिपोर्ट करेगी कि मैंने उसे गुमराह किया है और शादी का झूठा वादा करके फंसाया है। उसने यह भी कहा कि वह मेरे घर जाकर मेरी पत्नी और परिवार को सब कुछ बता देगी।

उसकी इन धमकियों से मैं बुरी तरह डर गया। मेरी और मेरे परिवार की समाज में बहुत इज्जत थी। अगर ऐसा कुछ हो जाता, तो हम सबकी बदनामी और तबाही तय थी। इसी डर से मैंने उसकी हर जायज-नाजायज मांग को मानना शुरू कर दिया।

धीरे-धीरे मेरी हालत इतनी खराब हो गई कि मैं कर्ज के बोझ तले दब गया। बैंक का कर्ज और बाहर का उधार बढ़ता ही चला गया। इससे उबरने के लिए मैंने जुआ और सट्टा खेलना शुरू कर दिया, लेकिन इससे मेरी हालत और खराब हो गई। मैं बर्बादी के दलदल में दिन-प्रतिदिन डूबता ही चला गया।

उसके प्रति मेरे अंधे प्रेम ने मुझे यह जानने का मौका ही नहीं दिया कि वह कौन है और उसका परिवार कैसा है। जब मुझे उसकी असलियत का पता चला, तब तक बहुत देर हो चुकी थी।

पता चला कि वह पहले से शादीशुदा थी, और एक नहीं, बल्कि दो-दो बार शादी कर चुकी थी। उसकी हकीकत ने मुझे अंदर से हिला कर रख दिया।

सबसे पहले उसकी शादी एक आर्मी ऑफिसर से हुई थी। लेकिन वहां उसने अपने पति के अर्दली के साथ प्रेम संबंध बना लिए और फिर उसके साथ भाग गई। उनके साथ रहते हुए उसके एक बेटी भी हुई। इसके बाद उसने उस अर्दली को भी छोड़ दिया और एक सब्जी (मसाले) के होलसेल व्यापारी के साथ भाग निकली। यहां उसके एक बेटा हुआ। अब वह चाहती थी कि मैं न केवल उसे, बल्कि उसके बेटे को भी स्वीकार कर लूं। यह मेरे लिए किसी भी हालत में संभव नहीं था।

यही वह वजह थी, जिसने मुझे आत्महत्या करने के लिए मजबूर कर दिया। चाहा तो यह था कि मरने से पहले उस औरत को भी खत्म कर दूं, लेकिन यह भी मेरे लिए संभव नहीं था। ऐसा करने से कल को मेरा नाम उसके साथ और ज्यादा बदनाम हो सकता था। इसी बदनामी से बचने के लिए मैंने खुद को समाप्त करने का रास्ता चुन लिया।

आगे क्या होगा, यह मैं नहीं जानता। लेकिन इसकी कल्पना जरूर कर सकता हूं।

यह सब सोचते हुए, मैंने रात को घर में सबके सो जाने के बाद यह पत्र लिखा। सोचा था कि अपने मरने का कारण या सच्चाई सबको बता दूं, लेकिन फिर यह उचित नहीं लगा। मैंने पत्र को अपनी पैंट की जेब में रख लिया। उस समय रात के बारह बज चुके थे। सोने का सवाल ही नहीं था। जैसे-तैसे समय बिताने की कोशिश कर रहा था। अपने अंत का निर्णय तो पहले ही कर चुका था। बस, चुपचाप लेटे रहने का नाटक करता रहा।

समय धीरे-धीरे बीतता गया। जैसे ही सुबह के चार बजे, मैं अपने बिस्तर से उठा और पशुओं के कमरे में जाकर वहां छुपाई हुई रस्सी निकाली। इसे एक लिफाफे में डालकर इस स्थान पर आ गया।

यहां पहुंचकर, इससे पहले कि मैं कुछ करता, मेरा हाथ अपनी पैंट की जेब में रखे पत्र पर गया। मैंने पत्र को बाहर निकाला और सोचा कि उसे फाड़कर फेंक दूं। लेकिन यह विचार भी ठीक नहीं लगा। तभी मेरी नजर पास में पड़ी एक खाली शीशी पर पड़ी। मैंने शीशी उठाई, और बिना ज्यादा सोचे पत्र को उसमें डाल दिया और उसका ढक्कन बंद कर दिया। फिर पास की एक टहनी तोड़ी और उस से पेड़

के तने के पास एक छोटा सा गड्ढा खोदा। मैंने उस शीशी को उसमें डाल दिया और गड्ढे को मिट्टी से भर दिया।

अब शायद मेरी यह कहानी खत्म हो जाएगी। थोड़े दिनों बाद सभी मुझे भूल जाएंगे। हां, मेरे माता-पिता या मेरी पत्नी को मैं आजपर्यंत याद रहूंगा।

बस, इसके बाद पत्र समाप्त हो गया। मैंने उसे पलटकर भी देखा, लेकिन इसके अतिरिक्त कुछ नहीं लिखा था।

अब मेरी समझ में नहीं आ रहा था कि असल में यह सब क्या था। जब जग्गी की आत्मा मुझसे मिली थी, तो उसने कहा था कि इस पत्र में कुछ दिशा-निर्देश दिए होंगे, जिनका पालन करके मैं उसकी आत्मा को मुक्ति दिलाने में मदद कर सकता हूं। लेकिन यहां तो ऐसा कुछ भी नहीं था।

अब मैं क्या करूं? मुझे क्या करना चाहिए जिससे उसकी आत्मा को शांति मिल सके? बहुत देर तक सोचता रहा, लेकिन कुछ समझ नहीं आया। अंततः मैंने पत्र को तह किया और वापस अपनी जेब में रख लिया।

इसके बाद भी, मैं थोड़ी देर तक पेड़ के नीचे बैठा रहा। वहां मंद-मंद ठंडी हवा के झोंके मुझे हल्का-सा सहला रहे थे। फिर मैं उठा, अपने स्कूटर के पास गया, उसे स्टार्ट किया और अपने घर की ओर चल पड़ा।

(9)

उस दिन मैं घर में अकेला था। मेरी पत्नी अपने भाई की शादी के लिए आयोजित गीत-संगीत कार्यक्रम में शामिल होने मायके गई हुई थी। ससुराल वालों ने मुझे भी रात वहीं रुकने के लिए कहा था, लेकिन मैं नहीं माना। किसी भी परिस्थिति में मुझे अपने घर और अपने कमरे में ही सोना पसंद है।

इसलिए, मैंने पत्नी को ससुराल में छोड़ा और कहा कि अगले दिन आकर ले जाऊंगा। इसके बाद, मैं घर लौट आया।

रात का खाना पत्नी ने पहले से ही बना कर फ्रिज में रख दिया था। मैंने उसे निकाला, गर्म किया, और खाने के बाद आंगन में टहलने चला गया, जो मेरी नियमित दिनचर्या का हिस्सा था। टहलने के बाद मैं अपने बिस्तर पर आकर लेट गया।

सोने से पहले मुझे कोई पुस्तक या पत्रिका पढ़ने की आदत है। मैंने अपनी किताब 'सपनों की दुनिया' निकाली और पढ़ने लगा। यह पुस्तक हिन्दू पद्धति, मनोवैज्ञानिक और वैज्ञानिक विचारधाराओं का विश्लेषणात्मक अध्ययन प्रस्तुत करती है, जिसमें स्वप्नों का विषय मुख्य रूप से उठाया गया है।

पुस्तक में चर्चा है कि स्वप्न क्या हैं? वे क्यों आते हैं? क्या स्वप्न सत्य हो सकते हैं ? क्या अपनी इच्छा अनुसार स्वप्न देखना संभव है ?

और किसी स्वप्न का सही अध्ययन कैसे किया जा सकता है? लेखक ने इस पुस्तक में अन्य स्थापित निष्कर्षों का गहन अध्ययन, मनन, और शोध करने के साथ ही अपनी मान्यताएं भी प्रस्तुत की हैं।

पुस्तक स्वप्न विषय पर आधारित है, और मैंने उसे कल ही पढ़ना शुरू किया था। पढ़ते-पढ़ते मेरी आँखें भारी होने लगीं, और मुझे नींद आने लगी।

जैसे ही मुझे नींद आई, एक सपना दिखाई देने लगा। मैं बेहद चिंतित और भयभीत था। इधर-उधर भटक रहा था, समझ नहीं आ रहा था कि क्या करुं और कहां जाऊं। इसी भटकाव में मैं एक भयानक जंगल में पहुंच गया। वहां के पेड़-पौधे और लताएँ भी मानो मुझे घूर रही थीं।

तभी, अचानक एक ओर से आदिवासियों का एक झुंड आ गया। उनके हाथों में नुकीले भाले और भिन्न प्रकार के घातक हथियार थे। वे मुझे अपने घेरे में लेकर अपने मुखिया के पास ले गए। मुखिया ने मुझे देखते ही जोर से आर्तनाद किया और भयंकर स्वर में बोला, 'तुम यहां क्या ढूंढ रहे हो? किसकी तलाश में आए हो? चुपचाप यहां से लौट जाओ। तुम्हारी समस्या का समाधान वहीं मिलेगा, जहां से यह आरंभ हुई थी।"

इतना कहने के बाद उसने आदिवासियों को आदेश दिया, 'इसे मौत की अंधी घाटी में फेंक दो!"

इतना सुनते ही आदिवासी मुझे घसीटते हुए एक ऊंची पहाड़ी के टीले पर ले गए। वहां से नीचे देखने पर रूह कांप जाती थी। नीचे

किसी नदी की भयंकर गर्जना सुनाई दे रही थी, लेकिन चारों ओर घनी धुंध छाई हुई थी। इससे पहले कि मैं कुछ समझ पाता, आदिवासियों ने मुझे पकड़कर टीले से नीचे नदी में फेंक दिया।

जैसे ही मैं गिरा, मेरे मुंह से जोर की चीख निकल गई, और मेरी आंख खुल गई। घबराया हुआ मैंने चारों ओर देखा, तो पाया कि मैं अपने कमरे में बिस्तर पर ही लेटा हुआ हूं। मेरा माथा पसीने से भीगा हुआ था, और शरीर कांप रहा था।

कमरे में अभी भी लाइट जल रही थी, और कमरा प्रकाश से नहाया हुआ था। जब भी मुझे अकेले सोना पड़ता था, मैं हमेशा लाइट जलाकर सोता था।

वास्तविकता को समझते हुए मैंने अपने आप को संयत किया और फिर से सोने का प्रयास करने लगा।

कुछ देर बाद मुझे फिर से नींद आ गई, लेकिन इस बार एक और सपना देखने लगा।

मैं एक गाड़ी में सवार था, जिसमें अन्य यात्री भी थे। हम सभी पहाड़ी रास्तों से होते हुए किसी पर्वतीय स्थान पर पिकनिक मनाने जा रहे थे। तभी, सहसा एक तेज रफ्तार गाड़ी सामने से आई और हमारी गाड़ी से टकरा गई। हमारी गाड़ी को जोरदार धक्का लगा, और वह गहरी खाई में गिरने लगी।

गाड़ी खाई में गिरती जा रही थी, और भय से मेरे मुंह से जोर की चीख निकल गई। इसी के साथ मेरी आंख फिर से खुल गई। मैंने देखा कि मैं अब भी अपने कमरे में, अपने बिस्तर पर ही था। एक बार फिर

से डरावने सपने ने मुझे डरा दिया था और मेरी नींद तोड़ दी थी।

वास्तविकता को समझते हुए मैंने अपने आप को संयत किया और फिर से सोने का प्रयास करने लगा।

तीसरी बार मैंने सपना देखा कि मैं जम्मू-कश्मीर के राजौरी क्षेत्र में अपने एक साथी के साथ पैदल घर की ओर जा रहा हूं। तभी अचानक कुछ आतंकवादी आए और उन्होंने हमें घेर लिया। वे हमें एक सुनसान जगह पर ले गए। उनमें से एक ने अपनी पिस्तौल मेरे माथे पर तान दी और ट्रिगर दबा दिया। मुझे ऐसा लगा जैसे मेरा सिर छितराकर हवा में बिखर गया हो, और तभी मेरे मुंह से जोर की चीख निकल पड़ी।

बार-बार ऐसा क्यों हो रहा था, यह मेरी समझ से परे था। जैसे ही मैं सोने की कोशिश करता, नींद लगती, लेकिन अगले ही पल किसी डरावने सपने के कारण मेरी चीख निकल जाती और मैं जागकर बैठ जाता। इस बार तो हद हो गई थी। मैं हर बार उठ जाता और फिर से सोने की कोशिश करता, लेकिन डरावने सपने पीछा नहीं छोड़ रहे थे।

अब मुझे अपने आप पर झुंझलाहट होने लगी। पहले भी मुझे डरावने सपने आते थे, लेकिन इतनी बार ऐसा कभी नहीं हुआ था। मैं बाथरूम में गया, चेहरा धोया, और फिर से वह 'सपनों की दुनिया' नामक किताब उठाई। सोचा, इसमें लेखक ने यह तो जरूर बताया होगा कि डरावने सपने क्यों आते हैं। मैंने पढ़ने की कोशिश की, लेकिन आंखें नींद से भरी हुई थीं। मैं एक पन्ना भी पूरा नहीं पढ़ पाया

और फिर सोने का प्रयास करने लगा।

इस बार मुझे थोड़ी देर के लिए ही सही, नींद आ गई। हालांकि मन में भीतर ही भीतर डर था कि फिर से कोई डरावना सपना आ जाएगा।

इस बार रात के ज्यादातर घंटे बीत चुके थे, और पता ही नहीं चला कब सुबह के पांच बज गए। जब उठा, तो आंखें अब भी नींद से भरी हुई थीं और शरीर में हल्का बुखार महसूस हो रहा था। मैंने सोचा, थोड़ा और लेट जाऊं। वैसे भी, उठाने वाली मेरी पत्नी तो घर में थी नहीं, जो हमेशा कहती थी, 'उठ जाओ, सूरज सिर पर आ गया है। दिनभर सोते ही रहना है क्या?'

मैं नित्य की अपेक्षा एक घंटे देर से उठा। उठकर थर्मामीटर लगाया और देखा कि मेरा तापमान 101 डिग्री था। यानी मुझे बुखार हो गया था। इसके बावजूद मैंने नहाने-धोने और अन्य क्रियाओं से निवृत्त होकर चाय बनाई और बिस्कुट के साथ चाय पी। लेकिन इसके बाद फिर से बिस्तर पर लेट गया।

अब मेरे शरीर में उठने की ताकत नहीं बची थी, और मैं बिस्तर पर ही आराम करने लगा।

इसके पश्चात मुझे ससुराल जाकर अपनी पत्नी को लेकर आना था, लेकिन इसमें अभी थोड़ा समय था। इसलिए मैं बालकनी में कुर्सी लगाकर अपनी पुस्तक लेकर बैठ गया। साथ ही, यह सोचने लगा कि आखिर रात को मुझे बार-बार डरावने सपने क्यों आ रहे थे, और मैं ठीक से सो भी नहीं पाया। शायद इसी कारण से मुझे बुखार हो गया

था।

सभी सपने तो स्पष्ट रूप से याद नहीं रहते, लेकिन जब मैंने उनके बारे में सोचने का प्रयास किया, तो पहला सपना मुझे पूरी तरह से याद आ गया। उसमें आदिवासियों के मुखिया ने कहा था, "तुम्हें तुम्हारी समस्या का समाधान उसी स्थान पर मिलेगा, जहां से यह आरंभ हुई थी।"

मैंने अब तक पुस्तक में जो पढ़ा था, उसके आधार पर इस सपने का अर्थ समझने का प्रयास करने लगा। मुझे लगने लगा कि शायद गहराई से विचार करने पर मुझे मेरी समस्या का हल मिल सकता है।

अब मुझे यह समझ में आने लगा था कि मेरे इस बुखार का कारण शायद मेरे भीतर कुछ दिनों से छिपा हुआ भय ही है। ऐसा होता भी है। कई बार, चाहे इंसान कितना भी दिलेर क्यों न हो, उसके मन में गहराई से कोई डर बैठ जाता है, जो धीरे-धीरे उसके स्वास्थ्य को प्रभावित करने लगता है। शायद मेरे साथ भी ऐसा ही कुछ हो रहा था।

इन्हीं सोच-विचारों में समय बीत रहा था, और कब दोपहर के बारह बज गए, पता ही नहीं चला। मेरा बुखार बढ़ता जा रहा था। मैंने फिर से थर्मामीटर से अपना तापमान मापा। तापमान अभी भी 101 डिग्री ही था, लेकिन मुझे ऐसा महसूस हो रहा था जैसे यह 103 या 104 डिग्री तक पहुंच गया हो।

मुझे पत्नी को ससुराल से लेकर आना था, लेकिन अब यह संभव नहीं लग रहा था। मैंने ससुराल में फोन किया और बताया कि मेरा स्वास्थ्य ठीक नहीं है, इसलिए मैं नहीं आ सकूंगा। उनसे अनुरोध

किया कि घर के किसी अन्य सदस्य के साथ मेरी पत्नी को भेज दें।

इतना कहकर मैंने बड़ी मुश्किल से उठकर अपने लिए चाय बनाई। इसे लेकर कमरे में वापस आया और बिस्तर पर बैठ गया। खाने का मन नहीं था, इसलिए मैंने चाय के साथ एक पेरासिटामोल की गोली ली और फिर से पुस्तक पढ़ने का प्रयास करने लगा।

पढ़ते-पढ़ते कब मुझे नींद आ गई, इसका मुझे पता ही नहीं चला।

(10)

डॉक्टर की दवाई तो पहले से ही मेरे पास थी। मैंने फिर से उसे लेना शुरू कर दिया। इसके साथ ही घर वालों ने मुझे फिर से तांत्रिक के पास ले जाने का निर्णय लिया। मैंने इस तर्क से इसका विरोध किया कि एक बार तो हम पहले ही गए थे, फिर से मुझे बीमार नहीं होना चाहिए था अगर उसे इसका कारण समझ आ गया था। मैंने तो उसके कहे अनुसार सभी कार्य भी किए थे। ताबीज़ भी अब तक बंधा हुआ है, भभूत भी खा ली थी।

"किन्तु आराम तो हुआ था, इसलिए उसे कम से कम एक बार फिर से दिखाना आवश्यक है," पत्नी का तर्क था।

अब मेरी एक नहीं चलने वाली थी। वैसे भी बीमार आदमी दूसरे पर निर्भर होता है। इसलिए उसकी बात मानने के अलावा और कोई उपाय नहीं था। अतः दूसरे दिन ही हम फिर से उस तांत्रिक के पास पहुंचे।

इस बार मुझे लगभग एक घंटा तक उसके बुलाए जाने का इंतजार करना पड़ा। एक घंटे के बाद उसने मुझे भीतर बुलाया और मेरे साथ आए सभी घर वालों को बाहर ही बैठने के लिए कहा।

अब कमरे में मेरे और तांत्रिक के अतिरिक्त कोई और नहीं था। कुछ क्षण तक वह चुपचाप मुझे घूरता रहा और फिर पास ही रखे हवन कुंड से मुझे थोड़ी सी भभूत खाने के लिए दी।

"तुमने ताबीज पहन रखी है?"

"जी!" मैंने धीरे से उत्तर दिया।

"हूँ!" हुंकार भरते हुए वह फिर से मुझे घूरता रहा।

"तुम मौत का सामान तो स्वयं ही अपने साथ लिए हुए हो, यह तो शायद ईश्वर की कृपा ही है, जो तुम अभी तक जीवित हो।"

सुनते ही मैं भीतर तक काँप गया।

"उसे अभी तक अपने साथ क्यों किए हुए हो? फेंक क्यों नहीं दिया उसे? जला क्यों नहीं दिया?"

"क्या महाराज! मैं कुछ समझा नहीं," मैंने असमंजस और अनभिज्ञता से पूछा।

"तुमने किसी प्रेत आत्मा की कोई वस्तु अपने पास रखी हुई है?"

"नहीं महाराज!"

"एक बार फिर अच्छे से सोच कर बताओ।"

"जी!" कहकर मैंने फिर से सोचने की कोशिश की।

"क्या तुमने किसी प्रेतात्मा का कोई लिखा हुआ कुछ अपने पास रखा हुआ है?"

तभी मेरा ध्यान जग्गी द्वारा लिखे हुए पत्र की ओर गया, जिसे मैंने उसके कहे अनुसार एक शीशी से निकाला था और जो अब भी मेरे पास, घर की अलमारी में पड़ा हुआ था।

मैंने स्वीकार कर लिया और सारी बात सच−सच ही उस तांत्रिक को बता दी।

"तुम भाग्यशाली हो, जो अभी तक बचे हुए हो। यह मेरे द्वारा तुम्हें

पहनाए हुए ताबीज़ का ही परिणाम है, "कहते हुए वह थोड़ा नम्र हो गया। शायद उसे मेरी अवस्था देखते हुए मुझ पर तरस आ गया था, "हमें किसी भी प्रेत आत्मा की कोई भी वस्तु कभी भी अपने पास नहीं रखनी चाहिए। यहां तक कि किसी मृत व्यक्ति की भी। क्या मालूम कि किस अवगति प्राप्त व्यक्ति की आत्मा को मुक्ति मिली भी है या नहीं?"

मैं चुपचाप उसकी बातें सुनता रहा। कुछ क्षणों के बाद उसने फिर से कहना शुरू किया, "ऐसी कोई भी आत्मा जिसकी मुक्ति न हुई हो, उसे अपनी हर वस्तु से अत्यधिक प्रेम होता है और वह उसे भी अपने साथ ले जाना चाहती है। इसके साथ ही, आमतौर पर जो भी उसकी प्रिय वस्तु का संरक्षक हो या जिसके पास भी वह वस्तु हो, वह प्रेतात्मा उसे भी अपने साथ ही ले जाना चाहती है।"

जब मैंने कोई प्रतिउत्तर नहीं दिया तो उसने फिर कहा, "देखो ! अब मेरी बात ध्यान से सुनना। मैं तुम्हें एक और ताबीज़ दे रहा हूँ। इसे अब तुम अपने गले में धारण कर लो, और जाते समय जब भी कोई डर का आभास हो तो हनुमान गायत्री मंत्र का जाप कर लेना और हनुमान चालीसा पढ़ लेना। इसके बाद घर पहुँचते ही सबसे पहला काम यह करना कि उस पत्र को निकाल कर जला देना। जब यह पूरी तरह से जल जाए, तो उस पर गंगा जल का छिड़काव कर के उसे बहते जल में बहा देना। फिर स्नान कर लेना। भगवान ने चाहा तो सब ठीक ही होगा और अब तुम्हारा बुखार भी उतर जाएगा।" कहते हुए उसने मुझ पर अभिमंत्रित जल का छिड़काव किया और विदा किया।

जिस समय हम लोग घर पहुंचे, तो उस समय तक रात ही चुकी

थी। मैंने परिवार के किसी भी सदस्य को नहीं बताया कि मेरी और तांत्रिक की क्या बातचीत हुई थी। यह बताया कि उसने कहा था कि शीघ्र ही ठीक हो जाओगे और थोड़ी सी भभूत भी दी थी। इसके साथ ही, एक गले में डालने के लिए एक नया ताबीज भी दिया था।

बुखार मुझे अभी भी था, लेकिन उस तांत्रिक से हुई बातचीत से मुझे बहुत ढांढस मिली थी कि अब मैं पूरी तरह से ठीक हो जाऊंगा।

पत्नी ने सबके लिए चाय बना दी। मैंने वहीं पर ही चाय मंगवा ली और कुछ बिस्कुट खाने के साथ ही पेरासिटामोल और एक एंटीबायोटिक की टेबलेट भी खा ली।

अब मैं इस अवसर की प्रतीक्षा में था, जब मैं उस पत्र को निकालूं और फिर उसे जला कर सारा झंझट ही समाप्त कर डालूं। थोड़ी देर में मुझे यह अवसर मिल गया। मेरी पत्नी रसोईघर में खाना बनाने में व्यस्त थी। मैंने उठकर चुपके से अलमारी से उस पत्र को निकाला और पूजा रूम से चुपके से माचिस और गंगाजल की शीशी उठाकर बाहर बरामदे में आ गया। बरामदे के आगे ही खुला लॉन था।

मैंने लॉन के एक किनारे जाकर उस पत्र को नीचे घास पर रखा और आग लगा दी। मैं सोच रहा था कि शायद पत्र को जलाते समय कोई घटना हो, लेकिन ऐसा कुछ भी नहीं हुआ। पत्र जल कर राख हो चुका था। पलभर के लिए मैं उसे देखता रहा और फिर उस पर गंगाजल का छिड़काव कर उसे एक पॉलिथीन के लिफाफे में लेकर घर के सामने बहते हुए पानी के नाले में फेंक दिया। यह नाला नहर से निकल कर आ रहा था और कहा जा सकता है कि नहर का ही एक

भाग था। कुछ ही क्षण में पत्र की सारी राख उस जलधारा में बह गई।

ठीक उसी समय जब मैंने राख को बहा कर वापस पलटा ही था कि इलाके की सारी बिजली बंद हो गई। संयोग ही है यह सब, सोचते हुए जैसे ही मैं बरामदे की सीढ़ियां चढ़कर अपने कमरे की ओर मुड़ा, मुझे अपने पीछे ऐसा लगा कि जैसे कोई व्यक्ति, जिसने पानी से भीगे हुए लॉन्ग शूज पहन रखे हैं, तेज़-तेज़ भागता हुआ मेरे पीछे से होकर निकल गया है। उसके पानी से भीगे हुए लॉन्ग शूज की छपाक-छपाक की आवाज़ से मेरे भीतर एक सिहरन सी समा गई। मैंने पीछे मुड़कर देखा तो वहाँ पर कहीं भी कोई नहीं दिखाई दिया। तभी मेरी पत्नी बाहर आ गई।

"आप यहाँ बाहर अंधेरे में क्या कर रहे हैं?" उसने सामान्य रूप से पूछा।

"कुछ नहीं। ऐसे ही बाहर आ गया था, किन्तु यहाँ मुझे कुछ विचित्र सा आभास हुआ है। तुम्हें तो नहीं लगा ऐसा कुछ?" मैंने उत्तर देने के साथ-साथ ही उससे भी पूछा।

"क्या?"

"अभी मैं भीतर जाने के लिए मुड़ा ही था कि सहसा मुझे ऐसा लगा कि जैसे कोई व्यक्ति, जिसने भीगे हुए लॉन्ग शूज पहने हुए हैं, तेजी से भागता हुआ मेरे पीछे से निकल गया है।"

मेरा उद्देश्य उसे भयभीत करने का कदापि नहीं था, किंतु मेरे ऐसा बताने पर वह स्वाभाविक रूप से भयभीत हो गई। घबराए हुए स्वर में ही उसने कहा, "आपको इस समय अंधेरे में बाहर नहीं निकलना

चाहिए।"

हम अभी यह बातें कर ही रहे थे कि तभी हमारे घर से लगभग सौ गज दूर यहाँ चार-पाँच युक्लिप्ट्स के ऊँचे-ऊँचे पेड़ थे, उनमें सबसे ऊँचे पेड़ की ऊँचाई पर एक तेज़ सी हलचल हुई, जैसे कोई बड़ी सी चील आकर उस पेड़ की सबसे ऊँची शाखा पर बैठी हो। सारा पेड़ ही बुरी तरह से हिल गया। जबकि सबसे बड़ी हैरत वाली बात यह थी कि उस पेड़ के साथ ही अन्य किसी भी पेड़ पर कोई भी हलचल नहीं हुई थी, और इस से भी बड़ी बात यह थी कि इस समय हमारे चारों ओर थोड़ी सी भी हवा नहीं चल रही थी। पूर्णतया खामोशी थी। यहाँ तक कि जिस पेड़ पर यह हलचल हुई थी, वह पेड़ भी पूर्णतया शांत था। ऐसा लग ही नहीं रहा था कि उस पेड़ पर भी अभी थोड़ी देर पहले ऐसी कोई हलचल हुई है।

मेरी पत्नी घबराई हुई थी और भयभीत हो गई थी। उसने मुझे तुरंत ही भीतर चलने के लिए कहा। वह तांत्रिक को भी गालियां निकालने लगी थी, "मुये ने पता नहीं क्या-क्या जादू टोना कर दिया है। चलिए, आप भीतर चलिए। इस समय तो आपको बाहर निकलना ही नहीं चाहिए।"

अब डर तो मैं भी गया था, किंतु मुझे अपनी कारस्तानी का सब मालूम था। मैं भयभीत होते हुए भी कुछ हद तक इसे समझ रहा था। तांत्रिक ने तो मुझे पहले ही बता दिया था कि ऐसा भी हो सकता है, इसलिए भयभीत होने की आवश्यकता नहीं। किंतु बहुत कुछ प्राकृतिक रूप से ऐसा भी होता है, जो स्वाभाविक होता है और उस पर मनुष्य

का कोई भी वश नहीं होता। अब मैं अपनी पत्नी को समझाता भी तो क्या!

(11)

उस दिन के पश्चात सब कुछ ठीक से ही रहा। अब स्वास्थ्य भी पूरी तरह से ठीक था। हाँ, रह-रहकर मुझे अपने साथ हुई पुरानी घटनाएँ और आपबीती याद आती थीं, लेकिन अब सब कुछ शांत था, इसलिए चिंता की कोई बात नहीं थी। सबसे बड़ी बात जो कभी-कभी मुझे विचलित कर देती थी, वह थी मेरा उस प्रेतात्मा से किया हुआ वादा। उस प्रेतात्मा की अभी तक मुक्ति नहीं हुई थी। कुछ न कुछ तो मुझे उस आत्मा की मुक्ति के लिए करना ही चाहिए। लेकिन मैं उसके लिए क्या कर सकता हूँ? यह विचार मुझे सोचने पर विवश कर देता था।

वो मार्ग जो हमारे घर से गाँव के बीच से होता हुआ जंगल में से होकर गुजरता है, लगभग चार किलोमीटर लंबा है। यह एक आम मार्ग है, यहाँ से प्रतिदिन आवाजाही होती रहती है। हम भी आमतौर पर इस मार्ग से कई बार आते-जाते रहते हैं, दिन को भी और रात को भी। किंतु उस दिन जो भी अनचाही घटना मेरे साथ घटित हुई थी, उसका क्या कारण था और यह मेरे साथ ही क्यों घटित हुई थी, इसका अभी तक मुझे कोई उत्तर नहीं मिल पाया था। यह तो ईश्वर ही जानते हैं।

हम अब भी उस मार्ग से आते-जाते हैं, बल्कि यूँ कहिए कि आते-जाते रहना पड़ता है। उस ओर हमारे कुछ रिश्तेदार भी रहते हैं तथा कई अन्य काम भी पड़ते रहते हैं। इसलिए उस मार्ग से आना-

जाना चलता ही रहता है। किंतु यह बात अवश्य थी कि अब मुझे कम से कम रात के समय तो उस ओर जाने का साहस नहीं होता था। विशेष रूप से उस पेड़ की ओर, जहाँ मैंने जग्गी की लाश को पेड़ से लटके हुए देखा था, उस ओर तो अब मैं किसी भी सूरत में जाना नहीं चाहता था, दिन के समय भी। क्या आवश्यकता थी मुझे फिर से कोई नई आपदा मोल लेने की।

फिर भी मैंने यह दृढ़ निर्णय ले लिया कि अब जैसे भी हो, मुझे जग्गी की प्रेतात्मा को मुक्ति दिलाने का प्रयास करना ही है। यह सोचकर एक दिन मैं अपने एक विद्वान पंडित मित्र से मिलने निकल पड़ा।

उस दिन भी मैं इसी मार्ग से अपने साढू के घर जा रहा था। पैदल ही जा रहा था, मैंने अपना स्कूटर नहीं लिया था, क्योंकि आमतौर पर मुझे अधिक दूर नहीं जाना होता तो मैं पैदल ही चलना पसंद करता था।

एक किलोमीटर के बाद वह स्थान था, जहाँ मैंने जग्गी की प्रेतात्मा को देखा था। उस स्थान पर पहुँचते ही स्वयमेव ही मेरी दृष्टि उस पेड़ की ओर उठ गई। वहाँ कोई नहीं था। चारों ओर वातावरण में नीरवता छाई हुई थी। मैं चुपचाप चलता हुआ आगे बढ़ गया। ठीक सौ गज आगे ही वह स्थान था, जहाँ मुझे सफेद चद्दर ओढ़े हुए एक मुर्दा मिला था। उस स्थान पर भी कहीं कुछ नहीं था। फिर इसके लगभग सौ गज ही आगे वह स्थान था, जहाँ मैं कीचड़ में फिसल जाने के कारण गिर गया था और फिर मैं भूतिया हवेली में पहुंच गया था।

इसके पीछे देखा तो वहाँ मुझे एक लंबाई में कॉरिडोर सा सजा हुआ मार्ग दिखाई दिया था, जिसे फूलों और छोटे-छोटे पौधों की शाखाओं ने इस प्रकार से ढका हुआ था कि मानो मेरे ही स्वागत में उसे बना संवार दिया गया हो।

यहां मेरे मार्ग के दोनों ओर फूलों के पौधों से विभिन्न प्रकार की सुगंध आ रही थी, जो धीमी-धीमी बहती हवा के झोंकों से एक प्रकार से मंत्रमुग्ध कर रही थी। मार्ग के दोनों ओर फूलों की इस बाढ़ के पीछे लीची, संतरा और आम के वृक्षों का बहुत बड़ा बाग था।

किन्तु आज वैसा कुछ भी नहीं दिखाई दे रहा था। हालांकि वह लंबा कॉरिडोर सा मार्ग अब भी मेरी दृष्टि के सामने था और उसके दोनों ओर लीची, संतरा और आम के वृक्ष भी थे, किन्तु अब न तो वहाँ के पेड़-पौधे इतने घने दिखाई दे रहे थे और न ही उनके मध्य का वह कॉरिडोर सा मार्ग फूलों की सुगंध से महक रहा था।

आज के और उस दिन के वातावरण में इतना अंतर क्यों दिखाई दे रहा था, यह सब मेरी समझ से बाहर था।

मन हुआ कि एक बार फिर से इस कॉरिडोर के मार्ग से चलता हुआ उस वृक्षों की छाया में डूबे हुए बड़े से भूतिया मकान तक जाऊं, जो मुझे आरंभ में ही दिखाई दिया था।

किन्तु फिर मैंने सोचा कि मुझे आवश्यकता भी क्या है कि व्यर्थ में इस ओर जाऊं। जिस मार्ग पर मुझे जाना है, उसी ओर मुझे जाना चाहिए। सोचते हुए मैं बायीं ओर मुड़ गया। यह मार्ग भी थोड़ा जंगल से होकर निकलता है, लेकिन इस समय यहां दिन का प्रकाश था और

दूसरा, मैं इतना डरपोक भी नहीं था। हालांकि यह बात अलग थी कि मेरे साथ परिस्थितिवश कुछ ऐसा घटित हो गया था कि कई बातों से मैं बहुत भयभीत हो गया था।

वैसे तो मेरा मार्ग सीधा ही था। इस मार्ग में थोड़ा सा आगे चलने पर एक निजी विद्यालय था और उसके पीछे ही एक छोटा सा मंदिर था, जहाँ एक पंडित रहता था। वह पंडित मेरा मित्र बन गया था और आमतौर पर कई बातों पर हम आपस में परिचर्चा किया करते थे। आज मेरा मन कर रहा था उसके पास थोड़ी देर बैठकर बात करने का।

थोड़ी ही दूर गया था कि एक आम के वृक्ष के नीचे मुझे एक बुजुर्ग आदमी बैठा हुआ दिखा। मैं उसे संत महात्मा कहूं या कुछ और, यह तो समझ में नहीं आ रहा था, लेकिन उसके चेहरे में एक आकर्षण था कि मेरी दृष्टि उस पर अटक सी गई। उसके चेहरे पर एक लंबी सफेद दाढ़ी थी। आँखों में एक विशेष आकर्षण था, जिन से उलझ जाने पर सहज ही मनुष्य बंधा हुआ उसकी ओर खींचा चला जाए। मेरे कदम स्वयं ही उस ओर खींचते चले गए।

पास जाने पर मुझे विचित्र सा लगा। यह बुजुर्ग आदमी मुझे जाना-पहचाना और कहीं देखा हुआ सा लग रहा था। मैं दिमाग पर जोर डालने ही लगा था कि सहसा ही मेरा सारा शरीर एक प्रकार के खौफ से भर गया। शरीर मानो ठंडा सा होने लगा। अरे! यह तो वही भयानक आकृति वाला था, जो उस दिन हवेली में नरकंकालों के बीच एक बड़े से सिंहासन पर बैठा हुआ था।

जिसका लगभग सारा शरीर उधड़ा हुआ था और स्थान-स्थान पर से रक्त बह रहा था। लेकिन यह इस प्रकार से यहां कैसे ? यह तो

पूरी तरह से स्वस्थ था। उसके शरीर पर किसी भी प्रकार की एक खरोंच तक भी नहीं थी। कोई भी जिसने उसे पहले उस वीभत्स और रगों में रक्त जमा देने वाली दशा में देखा हो, वह एक पल के लिए भी विश्वास नहीं कर सकता था कि यह वही नर कंकाल या व्यक्ति हो सकता है।

फिर भी रुका नहीं और डगमगाते कदमों से निरंतर आगे बढ़ता रहा। मन में अपने आप पर क्रोध भी आया कि मुझे क्या आवश्यकता थी इस मार्ग से आने की, लेकिन मेरा यह क्रोध व्यर्थ था। हम तो कई बार इस मार्ग से गुजर चुके थे। आमतौर पर सुबह जब मैं अकेले या कुछ साथियों के साथ घर से सैर करने के लिए निकलता था, तो कई बार इस मार्ग से भी आते-जाते थे। इसमें ऐसी कोई खास बात नहीं थी।

यह सब किस कारण से हो रहा है, इस पर अधिक ध्यान न देते हुए, मैं शीघ्रता से इस मार्ग पर आगे बढ़ने लगा। आगे गेहूं की ऊँची-ऊँची फसल लहलहा रही थी। मैं उसमें से होकर गुजरने लगा। मुझे बार-बार ऐसा लग रहा था जैसे अभी-अभी उस बुजुर्ग आदमी ने अपने पेट में हाथ डाला है और मेरे सामने ही उसे उधेड़ कर भीतर से मांस का लोथड़ा निकालकर रख दिया है। फिर उसने उसी प्रकार अपना हाथ मेरी ओर भी बढ़ा दिया है। मैं चलता जा रहा था और बीच-बीच में पीछे मुड़कर देखता जा रहा था कि कहीं मेरे पीछे कोई शैला-बला तो नहीं लगी हुई आ रही है। लेकिन ऐसा कुछ भी नहीं था।

थोड़ी ही देर में मैं, गेहूं के खेत में से होकर आगे स्कूल के पास

पहुंच गया। स्कूल के पीछे ही यह मंदिर था, जहां वे पुजारी रहते थे, जो मेरे मित्र भी थे। वे पुजारी यहाँ मंदिर की देखभाल किया करते थे, और उनकी पत्नी भी इस स्कूल में अध्यापन कार्य किया करती थीं।

पुजारी मंदिर के प्रांगण में ही थे। मुझे आया देख कर वे बहुत प्रसन्न हुए और पास ही रखी हुई कुर्सी पर बैठने के लिए कहा।

मैंने भी शिष्टाचारवश उन्हें प्रणाम किया और इधर-उधर की बातें करने लगा। बातों ही बातों में उन्होंने मुझसे पूछ लिया, "क्या बात है, तुम्हारे चेहरे का रंग कुछ उड़ा-उड़ा सा लग रहा है, जैसे कहीं मार्ग में कोई भूत-प्रेत मिल गया हो न?"

"कुछ ऐसा ही समझ लीजिए," कहते हुए मैंने उन्हें मार्ग में उस बुजुर्ग की बात कह सुनाई, जिस पर मुझे संदेह था कि उसे मैं कंकाल के रूप में देख चुका था।

मेरी बात सुनकर वे थोड़ा मुस्कुराए। फिर मुस्कुराते हुए ही उन्होंने कहा, "डरने की कोई बात नहीं। कई बार दिन के समय भी कुछ भटकती हुई बुरी आत्माएँ किसी-किसी को दिखाई दे जाती हैं, लेकिन इससे भयभीत होने की आवश्यकता नहीं होती। दिन के समय ये आत्माएँ किसी को भी कोई हानि नहीं पहुंचा सकतीं।"

"मालूम नहीं पंडित जी! क्या बात है कि कुछ दिनों से मेरे साथ अजीब प्रकार की घटनाएं घट रही हैं, जिस कारण से मैं पिछले बहुत दिनों तक बीमार भी रहा था।"

"मैंने पिछले दिनों आपको बताया भी था कि आप पर राहु काल की दशा का प्रभाव है। इस कारण चिंता और परेशानियाँ तो आप पर बनी ही रहेंगी।"

"किन्तु इसका कोई उपाय भी तो होगा?"

"इस राहु काल में ऐसा तो रहेगा ही, फिर भी इसका प्रभाव कम करने के लिए आप नाग देवता के मंदिर में एक तांबे का नाग चढ़ा देना और महामृत्युंजय मंत्र का जाप किया करो। गाय को भी रोटी खिलाया करो और निर्धन व्यक्ति को भी दान किया करो। इससे आप पर इस दशा का प्रकोप कम होगा।"

"ठीक है पंडित जी! मैं ऐसा ही करूंगा," कहते हुए मैंने बातों का रुख कुछ मोड़ते हुए, जिस उद्देश्य से कि मैं विशेष रूप से आज उनके पास आया था, पूछा, "पंडित जी, मेरे मन में बहुत सी कुछ प्रश्न हैं, मैं उनका समाधान चाहता हूँ।"

"किन प्रश्नों का समाधान चाहते हो? पूछो।"

हम जब भी कभी मिला करते थे, तो इस तरह का प्रश्न उत्तर हमारे बीच चलता रहता था।

"पंडित जी, मुझे आप यह बताइए कि यह अकाल मृत्यु और अवगति का क्या अर्थ होता है?"

"अकाल मृत्यु का अर्थ है असमय या समय से पहले होने वाली मृत्यु। यह आमतौर पर किसी अप्रत्याशित घटना या दुर्घटना के कारण होती है। अकाल मृत्यु के मामले में, व्यक्ति की उम्र आमतौर पर कम होती है और मृत्यु अप्रत्याशित होती है।

अवगति का अर्थ है अचानक या अप्रत्याशित मृत्यु। यह आमतौर पर किसी बीमारी या चोट के कारण नहीं होती, बल्कि अचानक होती है। अवगति के मामले में, व्यक्ति की मृत्यु अचानक और अप्रत्याशित होती है, भले ही उनकी उम्र कुछ भी हो।

इन दोनों शब्दों के बीच मुख्य अंतर यह है कि अकाल मृत्यु में उम्र की कमी पर जोर दिया जाता है, जबकि अवगति में अचानक और अप्रत्याशित मृत्यु पर जोर दिया जाता है।

जिस व्यक्ति ने अपने जीवन में कभी भी आत्मसमर्पण नहीं किया और सदैव अपने स्वार्थ में ही रहता है, उसकी आत्मा को मुक्ति नहीं मिलती।

जिस व्यक्ति के जीवन में अधूरे कार्य रह जाते हैं और वह उन्हें पूरा नहीं कर पाता, उसकी आत्मा को भी मुक्ति नहीं मिलती।

जिस व्यक्ति ने अपने जीवन में किसी से लिया हुआ ऋण नहीं चुकाया, उसकी आत्मा को भी मुक्ति नहीं मिलती।

इन परिस्थितियों में आत्मा को पृथ्वी लोक में ही रहना पड़ता है और वह मुक्ति प्राप्त नहीं कर पाती।"

"ऐसे व्यक्तियों की आत्मा की मुक्ति के लिए क्या किया जाना चाहिए?" मैंने अपने मूल उद्देश्य की ओर आते हुए पूछा।

"हिंदू धर्म और अन्य कई संस्कृतियों में मान्यता है कि आत्महत्या करने वाले मनुष्य की आत्मा की मुक्ति के लिए कुछ विशेष कार्य किए जाने चाहिए। इससे उनकी आत्मा को मुक्ति मिल सकती है।

जैसे आत्महत्या करने वाले व्यक्ति के परिजनों को तर्पण करना चाहिए, जिससे पितरों को जल और तिल अर्पित किए जाते हैं।

आत्महत्या करने वाले व्यक्ति के परिजनों को पिंडदान करना चाहिए, जिसमें गाय, कुत्ते और कौवे को भोजन दिया जाता है।

आत्महत्या करने वाले व्यक्ति के परिजनों को श्राद्ध कर्म करना चाहिए, जिससे पितरों को भोजन और जल अर्पित किया जाता है।

आत्महत्या करने वाले व्यक्ति के परिजनों को हवन और पूजा करनी चाहिए, जिसमें देवताओं को अर्पित किया जाता है।

आत्महत्या करने वाले व्यक्ति के परिजनों को ब्राह्मणों को दान देना चाहिए, जिससे उन्हें भोजन, वस्त्र और धन दिया जाता है।

आत्महत्या करने वाले व्यक्ति के परिजनों को आत्मशांति के लिए प्रार्थना करनी चाहिए, जिससे उनकी आत्मा को शांति मिले।

इस संदर्भ में यह ध्यान रखना महत्वपूर्ण है कि आत्महत्या के मामलों में मृत व्यक्ति के प्रति संवेदनशीलता और सहानुभूति के साथ व्यवहार किया जाए। आत्महत्या के प्रभावित लोगों को समर्थन और सहायता प्रदान करना भी जरूरी है।"

"क्या पंडित जी, यह भी संभव है कि आत्महत्या करने वाले व्यक्ति की आत्मा की मुक्ति के लिए किए गए तर्पण, पिंडदान, श्राद्धकर्म और हवन पूजा के उपरांत भी आत्मा की मुक्ति न हुई हो?"

"हाँ, यह संभव है कि आत्महत्या करने वाले व्यक्ति की आत्मा की मुक्ति के लिए किए गए तर्पण, पिंडदान, श्राद्ध कर्म और हवन पूजा के पश्चात भी आत्मा की मुक्ति न हुई हो।

हिंदू धर्म में मान्यता है कि आत्महत्या करने वाले व्यक्ति की आत्मा को मुक्ति दिलाने के लिए किए गए सभी कार्यों का प्रभाव व्यक्ति के कर्मों और उनकी आत्मा की स्थिति पर निर्भर करता है।"

"ऐसे क्या कारण हो सकते हैं, जिनके कारण आत्मा की मुक्ति न हुई हो?"

"ऐसे कई कारण हो सकते हैं जिनके कारण किसी व्यक्ति की आत्मा की मुक्ति नहीं हुई हो।

यदि व्यक्ति ने अपने जीवन में बहुत गहरे और बुरे कर्म किए हों, तो आत्मा की मुक्ति मुश्किल हो सकती है।

यदि आत्महत्या के पीछे के कारण बहुत गहरे और जटिल हों, तो आत्मा की मुक्ति कठिन हो सकती है।

यदि आत्मा बहुत जटिल और दुखी है, तो भी उसकी मुक्ति में कठिनाई हो सकती है।

यदि व्यक्ति के कर्मों का फल अभी भी बाकी है, तो आत्मा की मुक्ति मुश्किल हो सकती है।

इन कारणों से भी, आत्मा की मुक्ति के लिए किए गए कार्यों का प्रभाव कम हो सकता है या आत्मा की मुक्ति नहीं हो सकती।"

"पंडित जी! ऐसे व्यक्तियों की आत्मा को मुक्ति दिलाने के लिए क्या किया जाना चाहिए?"

"यदि तर्पण, पिंडदान, श्राद्धकर्म और हवन पूजा के पश्चात भी मनुष्य की आत्मा की मुक्ति नहीं हुई हो, तो इसके लिए कुछ विशेष कार्य किए जा सकते हैं।

ऐसे व्यक्ति की आत्मा की मुक्ति के लिए नित्य पूजा और अर्चना करना चाहिए।

इसके लिए विशेष हवन और यज्ञ करना चाहिए, जैसे कि नारायण नागबलि हवन या रुद्राभिषेक।

इसके लिए गंगा स्नान करना चाहिए और तर्पण वगैरह भी करना चाहिए।

ब्राह्मणों को दान देना चाहिए, जैसे कि अन्न, वस्त्र, धन और अन्य उपयोगी वस्तुएं।

व्रत और उपवास करना चाहिए, जैसे कि एकादशी या पूर्णिमा व्रत।

व्यक्ति की आत्मा के लिए मंत्र जाप करना चाहिए, जैसे कि महामृत्युंजय मंत्र या गायत्री मंत्र।

श्राद्ध कर्म की पुनरावृत्ति करनी चाहिए, यदि पहले किए गए श्राद्ध कर्म से आत्मा की मुक्ति नहीं हुई हो।

ज्योतिषीय उपाय भी किए जा सकते हैं, जैसे कि ग्रह शांति पूजा या रत्न धारण।

यह सब कार्य करने से पहले यह ध्यान रखना महत्वपूर्ण है कि इन कार्यों को करने से पहले अपने किसी जानकार पंडित या आध्यात्मिक गुरु से परामर्श कर लेना चाहिए।"

"ठीक है पंडित जी! आपका बहुत धन्यवाद। बहुत दिनों से मेरे दिल में ये कुछ प्रश्न मचल रहे थे, किन्तु मैं इसका उत्तर नहीं ढूंढ़ पा रहा था," मैंने मुस्कुराते हुए कहा और उनसे विदा लेने के लिए उठ खड़ा हुआ।

"चाय नहीं पियोगे?"

"नहीं! फिर कभी सही। यूँ ही मन में विचार आया कि बहुत दिन हो गए आपसे मिले हुए, तो सोचा आपसे भी मिल आऊं।"

"बहुत अच्छा किया। लेकिन यह प्रश्न क्यों तुम्हारे दिल में मचल रहे थे?" उन्होंने भी मुझसे मुस्कुराते हुए पूछा।

"यूँ ही! आपको मालूम तो है मेरी प्रकृति का, जिज्ञासु प्रकृति है ना मेरी।"

मैंने भी मुस्कुराते हुए ही उन से हाथ मिलाया और मंदिर से बाहर

आकर अपने अगले गंतव्य की ओर चल पड़ा।

(12)

उन्हीं दिनों में मेरा ट्रांसफर एक पहाड़ी इलाके में हो गया था। पहाड़ी क्षेत्र में बहुत सी सुविधाओं का अभाव होता है, लेकिन वहाँ का प्रदूषण रहित और शांत वातावरण शांति प्रदान करता है। वैसे भी मुझे ऐसे शांत वातावरण में रहना बहुत अच्छा लगता है। किन्तु ऐसे अच्छा लगना और बात है, जब अधिक देर तक रहना पड़े तो बात और होती है। तब मन को घरेलू वातावरण ही अच्छा लगता है। उन सब परिस्थितियों से परे, अब मुझे यहां अकेले रहना था। पत्नी को अपने माता-पिता और शेष परिवार के साथ रहना था। फिर छोटी बेटी का विद्यालय में प्रवेश भी कराया हुआ था, और उसका ध्यान रखना भी था। इन सब परिस्थितियों को ध्यान में रखते हुए, यहाँ पर मेरा अकेला रहना एक प्रकार से मेरी विवशता भी थी।

पिछले दिनों जो मैं डर के वातावरण में रहता था और जो मुझे मानसिक तनाव था, ऐसे में यह शांति प्रदान करने वाला वातावरण मेरे स्वास्थ्य के लिए अच्छा भी था।

अपनी ट्रांसफर होने और यहां आने से पहले, मैंने अपने मन की शांति के लिए एक और काम किया था। एक दिन, मैं जग्गी के परिवार में जाकर उसकी पत्नी तथा माता-पिता से मिला था। हालांकि इससे पहले मैं एकाध बार किसी शादी-ब्याह के विशेष अवसर पर उनके घर गया था, लेकिन इस बार मैं विशेष तौर पर जग्गी की आत्मा की मुक्ति

के संबंध में बात करने के लिए गया था।

मैंने जग्गी के माता-पिता और पत्नी से मिलकर जग्गी की आत्मा की मुक्ति के बारे में विस्तार से बात की। मैंने उन्हें बताया कि किस प्रकार मेरी उसकी आत्मा से भेंट हुई थी और अभी तक उसकी आत्मा मुक्ति के लिए भटक रही है। उसने मुझसे अपनी आत्मा की मुक्ति के लिए प्रार्थना की थी और मुझसे विनती की थी कि मैं आपसे मिलकर उसकी आत्मा की मुक्ति के लिए उचित उपाय करूँ। हालांकि, मैंने उन्हें जग्गी की आत्मा द्वारा कही गईं बातों, उस द्वारा लिखे गए पत्र, और उसे ब्लैकमेल करने वाली महिला के बारे में कुछ नहीं बताया। वैसे भी, इस सब बात का यहाँ पर उन्हें बताने का कोई अर्थ नहीं था।

उन्होंने ध्यानपूर्वक मेरी सारी बातें सुनीं। यह सब सुनकर उन्हें भी बहुत दुख हुआ कि अभी तक उनके मृत बेटे की आत्मा यूँ ही भटक रही है और उसकी मुक्ति नहीं हो पाई थी। उन्होंने मुझसे इस मामले में परामर्श लेना चाहा। तो मैंने उन्हें किसी विद्वान पंडित से विचार विमर्श करने के लिए कहा। मैंने इस मामले में उनकी इतनी ही मदद की थी। इसके बाद, उन्होंने शीघ्र ही इस संबंध में उचित विधि-विधान के अनुसार उपाय करने का मुझसे वादा किया।

इसके पश्चात, मैंने उनसे अनुमति ली और वापस चला आया। यह सब मेरे लिए एक बहुत बड़ा बोझ था, जिसे अब मैं हल्का और मुक्त महसूस कर रहा था।

अब, जैसा कि मैंने पहले ही बताया था, मैं शारीरिक और मानसिक रूप से पूरी तरह से स्वस्थ था। नियमानुसार, सुबह नित्यकर्म से मुक्त

होकर ब्रेकफास्ट करता और फिर नौकरी के लिए चला जाता। फिर शाम को घर आकर चाय वगैरह पीता और उसके बाद घूमने निकल जाता। फिर कमरे में वापस आकर खाना वगैरह बनाता और खाकर कोई पुस्तक उठाता और उसे पढ़ने लगता। फिर जब नींद आने लगती तो सो जाता। यह मेरी रोज़ की दिनचर्या थी।

ऐसे ही एक दिन की बात है। रात का समय था। मैंने खाना बना कर खा लिया था और बिस्तर पर बैठ कर पढ़ने के लिए एक पुस्तक निकाल ली थी। पढ़ते हुए मैं सोच रहा था, इस प्रकृति में क्या-क्या रहस्य छुपे हुए हैं, जिसकी थाह तक मनुष्य नहीं पहुंच पाया है। उस भूतिया हवेली का क्या रहस्य था, जो उस दिन से पहले कभी मुझे दिखाई नहीं दी थी? शायद किसी को भी नहीं दिखाई दी थी।

मैं कितना बहादुर था! कैसे भी भयावह वातावरण में मैं डरने वाला नहीं था। मैं इतना बहादुर था कि रात के समय मुझे श्मशान घाट से जलती हुई चिता की लकड़ी भी लाने के लिए कोई कहता, तो मैं ले आता। लेकिन पिछले दिनों हुई घटनाओं ने मुझे इतना डरपोक बना दिया था कि अब मैं छोटी-छोटी बातों से भी डरने लगता था।

अब मैं किसी भी परिस्थिति में अपने आप को मजबूत रखने का प्रयास करूंगा। भूत-प्रेत के अस्तित्व को मानते हुए, मैं इस बात पर विश्वास कर सकता हूँ कि जो मार्ग में मुझे सफेद चादर ओढ़े हुए मुर्दा दिखाई दिया था, वह एक सच्चाई थी। जग्गी की प्रेतात्मा भी एक सच्चाई थी, लेकिन भूतिया हवेली का रहस्य मेरी समझ से बहुत दूर की बात थी। उसके बाद घटित हुई अनेक घटनाएँ भी मेरी समझ से

बाहर थीं।

जिस दिन मैं जग्गी के माता-पिता से मिला था और उन से उसकी आत्मा के भटकने के बारे में बात की थी, यह उसी दिन की बात है।

यह रात का समय था और मैं सो रहा था। रात के लगभग तीन बजे होंगे। सहसा ही, न जाने किस कारण से, मेरी नींद खुल गई। यह चांदनी रात थी। मेरी दृष्टि खिड़की के कांच से होती हुई सामने अपने खेतों की ओर चली गई। चांदनी के प्रकाश में बाहर का दृश्य बहुत ही मनमोहक लग रहा था। मन किया कि उठकर बाहर जाऊं और इस सुहावने मौसम का आनंद लूँ। लेकिन इतनी रात को घर से बाहर निकलकर खेतों में टहलना, कोई देखता तो न जाने क्या सोचता। मैंने बेड पर दूसरी ओर सोई हुई अपनी पत्नी पर एक दृष्टि डाली और फिर बाहर की ओर देखने लगा।

उसी समय मुझे ऐसा लगा जैसे मेरी दृष्टि के सम्मुख कुछ लहराया सा हो। मैं तुरंत उठकर खिड़की के पास चला आया। इसे खोला और बाहर देखा। कहीं कुछ नहीं था। सोचा, शायद यह सिर्फ दृष्टिभ्रम होगा। यह सोचकर, बिस्तर पर आकर बैठ गया और फिर से सोने का प्रयास करने लगा। इससे पहले कि मुझे फिर से नींद आ पाती, एक बार फिर मुझे ऐसा ही महसूस हुआ जैसे खिड़की के पार कोई है।

मैंने एक बार फिर अपनी पत्नी की ओर देखा, जो निश्चिंत होकर सो रही थी। मैं फिर से बिस्तर से उठकर बैठ गया। मेरी खिड़की की ओर ही था। अभी इससे पहले कि मैं फिर से उठकर खिड़की के पास जाता और बाहर की ओर झांकता, तभी फिर एक साया सा सामने

कांच के पास स्थिर हो गया। उसकी एक उंगली अपने होठों पर थी, जैसे मुझे चुप रहने का संकेत दे रहा हो। मेरे मुंह से जैसे चीख निकलते-निकलते रह गई।

"घबराओ मत। मैं जग्गी हूँ। मैं यहाँ पर सिर्फ तुम्हें धन्यवाद देने आई हूँ कि जैसा तुमने मेरे साथ वादा किया था, उसे तुमने पूरा कर दिया। मेरे माता-पिता ने पूरी विधि-विधान अनुसार विद्वान पंडितों की देखरेख में मुक्ति के लिए प्रयास किया और मेरी आत्मा पूरी तरह मुक्त हो गई है। अब मैं इस लोक को छोड़कर सदा-सदा के लिए जा रहा हूँ। यह सब तुम मेरे माता-पिता और मेरी पत्नी को भी बता देना। उनके लिए भी मेरी ओर से धन्यवाद कह देना। अब मैं चलता हूँ।"

इतना कहते ही जग्गी का साया वहाँ से लुप्त हो गया। मेरी समझ में नहीं आया कि यह सब क्या हुआ। मैंने एक बार फिर दृष्टि घुमा कर अपनी पत्नी को देखा। वह अब भी इस सब से अनजान पहले की तरह सो रही थी।

मैं धीरे-धीरे उठकर खिड़की के पास गया और बाहर की ओर झाँक कर देखा, लेकिन कहीं कुछ नहीं था। मुझे एक निश्चिंतता का आभास हुआ, जैसे मेरे मनोमस्तिष्क पर पड़ा एक बहुत बड़ा उत्तरदायित्व का बोझ हल्का हो गया हो।

वास्तव में यह ब्रह्मांड ऐसे न जाने कितने रहस्यों से भरा हुआ है। मैं सोच रहा था कि इस बार जम्मू जाऊँ तो उस तांत्रिक से एक बार फिर मिलने का प्रयास करूंगा, जिसने मेरे बीमार होने पर मेरा इलाज किया था, और उससे कुछ बातें पूछकर अपनी जिज्ञासा शांत करूंगा।

सोचते-सोचते कब मुझे नींद आ गई, मुझे खुद भी इसका पता नहीं चला।

यहां रहते हुए मैंने पूंछ क्षेत्र में एक बूढ़ी 'माई' का नाम भी सुना था। कहा जाता था कि वह त्रिकालदर्शी थी। उसे साध्वी, तांत्रिक, कुछ भी कहा जा सकता था। जो भी उस से एक बार मिल लेता, उसका जीवन सफल हो जाता था। लेकिन कहते हैं कि उससे मिलना बहुत कठिन था। वह किसी से भी नहीं मिलती थी, और उससे मिलने का कोई निश्चित समय भी नहीं था। जो भी उससे मिलने का प्रयास करता, वह उसे अपने पास नहीं आने देती थी। वह हर मिलने आने वाले का स्वागत गालियों और पत्थरों से करती थी। फिर भी, चाहे कुछ भी हो, जम्मू से वापस आने के बाद मैंने हर हाल में एक बार उससे मिलने का निश्चय किया था।

कल सुबह मुझे शीघ्र ही जाना था। मैंने घर जाने का कार्यक्रम बनाया हुआ था और ऑफिस से चार दिन की छुट्टी ली हुई थी। जल्दी उठना था क्योंकि यहां से जम्मू के लिए जो पहली दो बसें आती थीं, वे राजौरी बस स्टैंड पर नहीं जाती थीं, और बाहर से ही आकर मार्ग में कम रुकती थीं। वे नॉन-स्टॉप चलती थीं, जिससे जम्मू समय से लगभग तीन घंटे पहले पहुँच जाती थीं। इसलिए जम्मू आने वाले अधिकतर यात्रियों का प्रयास इन बसों से यात्रा करने का ही रहता था। ये दोनों बसें आधे घंटे के अंतराल पर चलती थी—एक 6 बजे और दूसरी 6:30 बजे।

मेरा प्रयास हमेशा पहली बस को पकड़ने का होता था। इसके

लिए मैं चार बजे उठ जाता था। पांच बजे तक नित्यकर्म से निवृत्त होकर सवा पांच बजे चाय वगैरह पी लेता और फिर बस स्टैंड की ओर चल पड़ता था।

यहां मैं यह बता दूँ कि मैंने किराए का मकान लिया हुआ था, जो पहाड़ी पर था। यहां से नीचे बस स्टैंड तक आने में लगभग आधा घंटा लग जाता था।

यह दिसंबर का महीना था और उस समय मौसम में बर्फबारी हो रही थी, बाहर बहुत ठंड थी। मैंने सुबह चार बजे का अलार्म लगाया था, ताकि समय पर उठ सकूं। मैंने जल्दी से सभी काम निपटाए, गर्म कपड़े पहने और उन पर जैकेट वगैरह पहनी। इसके बाद दो टोस्ट बनाए और साथ में गर्म दूध का गिलास पीकर पूरी तरह तैयार हो गया, कंधे पर यात्रा का बैग लिया, हाथ में टॉर्च पकड़ी और बस स्टैंड की ओर निकल पड़ा।

हम हमेशा टॉर्च साथ रखा करते थे, क्योंकि कभी-कभी हमें जम्मू से या बाहर से आते समय देर हो जाती थी, तो आमतौर पर टॉर्च की आवश्यकता पड़ जाती थी।"

कमरे से बाहर निकलते ही ठंडी हवा के झोंके ने मेरा स्वागत किया। मैंने टॉर्च जलाई और सामने ढलान की ओर चल पड़ा। ढलान के साथ-साथ पहाड़ी के ऊपर से बहता हुआ एक ठंडे पानी का नाला था। जिसमें पानी अधिक नहीं था, लेकिन यह पहाड़ी की ऊंचाई से आता था, इसलिए पानी के बहने का शोर बहुत ज्यादा था। यह एक भयावना नाला था, जिसे 'तूफानी नाला' भी कहते थे। बारिश के दिनों

में इसका रूप और विकराल हो जाता था। मैं कई बार दिन के समय और इस प्रकार के समय में, जैसे कि अब जा रहा था, यहाँ से गुजर चुका था, इसलिए मुझे इससे कोई भय नहीं लगता था।

यह नाला मेरे रहने के स्थान से लगभग चालीस-पचास फीट दूर था, लेकिन बस स्टैंड तक जाने का मार्ग इस नाले के बिल्कुल समीप से होकर गुजरता था। जब फसल नहीं लगी होती थी, तब इस नाले के ऊपर से खेत में से होकर जाया जा सकता था, लेकिन जब वहां मकई की फसल उगाई जाती, तो यह मार्ग बंद हो जाता था और विवशतावश नाले के किनारे से होकर जाना पड़ता था।

जहां से यह मार्ग नाले के बीच से गुजरता था, वहाँ कुछ वृक्ष और झाड़ियाँ इस प्रकार से उगी हुई थीं कि नाला लगभग ढका हुआ सा लगता था और दिन के समय वहाँ सूर्य का प्रकाश नहीं पहुँचता था। यहाँ के स्थानीय लोग कहते थे कि इस स्थान पर कोई प्रेतात्मा रहती है। हालांकि उसने कभी किसी को परेशान नहीं किया था, लेकिन उसका वहाँ होना भी लोगों को भयभीत करता था।

मुझे किसी ने बताया था कि यहाँ से थोड़ा ऊपर पहाड़ी पर एक परिवार रहता था। उनकी एक बहुत सुंदर लड़की थी, जिसकी नीली आँखें थीं, मानों किसी झील का पानी ही उसमें समा गया हो। सभी उसे प्यार से 'नीलू' या 'नीलिमा' कहकर बुलाते थे।

नीलू को एक लड़के से प्यार हो गया था, जो सामने की पहाड़ी के पार रहता था। उसका नाम पंकज था। हालांकि पंकज कोई ज्यादा सुंदर नहीं था, वह साधारण सा दिखने वाला,सांवला रंग का युवक था

लेकिन अंधा प्यार भला क्या देखता है! दोनों एक-दूसरे से बहुत प्यार करते थे। नीलू एक बहुत ऊँचे घर और पैसे वाले परिवार से थी, जबकि पंकज नीलू की जाति और सामाजिक स्तर से मेल नहीं खाता था।

नीलू के माता-पिता ने उसे बहुत समझाया कि लड़का हमारे स्तर का नहीं है, इसलिए उसे छोड़ दे, लेकिन नीलू पर उनका समझाना कोई असर नहीं कर सका। वह पंकज से मिलती-जुलती रही। पंकज के माता-पिता ने भी उसे समझाया कि लड़की का स्तर हमारे से बहुत ऊँचा है, और लड़की के परिवार वाले कभी इस रिश्ते के लिए राजी नहीं होंगे, लेकिन पंकज भी नीलिमा का साथ छोड़ने को तैयार नहीं था। वह निरंतर नीलिमा से मिलता रहा और उनका प्यार फलता-फूलता रहा।

फिर जैसा कि इतिहास में हमेशा होता है, उन दोनों का प्यार समाज को रास नहीं आया। एक दिन नीलू के परिवार के कुछ सदस्यों ने एक साजिश रची और उन्होंने पंकज को नीलू की ओर से एक संदेश भेजकर रात के समय मिलने के लिए बुलाया। पंकज को क्या पता था कि उसके खिलाफ साजिश रची जा रही थी। बिना किसी डर के वह नीलू द्वारा भेजे गए संदेश के अनुसार बताए हुए स्थान पर उससे मिलने चला आया।

वहाँ पहले से ही नीलू के परिवार के कुछ लोग अपने साथियों के साथ छुपे हुए थे। उन्होंने पंकज को आते ही पकड़ लिया, उसके हाथ-पैर बांधकर बेरहमी से पिटाई की। जब वह अधमरा हो गया, तो उसे

घसीटते हुए एक पेड़ के पास ले गए और उसकी टांगों को पेड़ की शाखा से लटका दिया, ताकि यह आत्महत्या का रूप ले सके। कहते हैं कि पेड़ से लटकाने से पहले पंकज को थोड़ी होश थी। जैसे ही उसने उन लोगों की मंशा को समझा, तो वह तड़पते हुए उन से बचने के लिए चिल्लाया, लेकिन दरिंदों के सामने उसकी कोई नहीं चली और उसकी जान चली गई।

अगले दिन स्थानीय लोगों को उसकी लाश पेड़ से लटकी मिली। पुलिस आई, शव को उतारा और उसके परिवार वालों को सौंप दिया, और इसे आत्महत्या मान लिया गया।

दबी जुबान से लोगों द्वारा कहा जाता रहा कि यह आत्महत्या नहीं, हत्या का मामला था, लेकिन कानून और सामर्थ्यवानों के आने का कब तक इंतजार किया जाता, किसकी चली है जो अब चलती।

दूसरी ओर, जैसे ही नीलू को इस घटना का पता चला, वह 'पंकज! पंकज!' चिल्लाती हुई उस स्थान की ओर दौड़ी, जहाँ पंकज का मृत शरीर पड़ा हुआ था। उसके पीछे-पीछे उसके परिवार के सदस्य भी उसे रोकने के लिए दौड़े और उसे पकड़ लिया। जब नीलिमा ने अपने आप को चारों ओर से आतताइयों द्वारा घिरा हुआ पाया, तो उसने आव देखा न ताव, उनके घेरे को तोड़ते हुए जोर से पंकज को आवाज दी, "पंकज...! मैं भी आ रही हूँ!" और इसके साथ ही उसने एक छलांग लगाई और पहाड़ी से नाले में कूद गई।

इस ओर से आती-जाती कई बार सुनी-सुनाई हुई कहानी मेरी आँखों के दृष्टिपटल पर छा जाती, लेकिन मैं उससे भयभीत नहीं था।

इसका एक कारण यह भी था कि मुझे यहाँ रहते हुए लगभग छह महीने हो चुके थे, और इस दौरान मैं कई बार इस रास्ते से गुजर चुका था। दूसरा, हाथ में टॉर्च होने के कारण उस के प्रकाश का एक प्रकार से सहारा सा मिलता था। वैसे भी, मैं तो इससे भी अधिक भयावह परिस्थितियों से निकल चुका था, यह तो उनके सामने कुछ भी नहीं था।

मैं अपनी ही धुन में आगे बढ़ रहा था। एक ओर खेत में मकई की फसल लहलहा रही थी, और दूसरी ओर तेज गति से बहता हुआ नाला शोर कर रहा था। चलते-चलते मेरी दृष्टि में नीलिमा का चेहरा कौंधने लगता। ऐसा लगता जैसे उसकी प्रेतात्मा मेरे आस-पास ही कहीं हवा में लहरा रही हो, शायद आकर विक्रमादित्य के बेताल की तरह मेरे कंधे पर सवार हो जाए या मुझे पीछे से आकर पकड़ ही ले।

अभी मैं थोड़ी ही दूर बढ़ा था कि सहसा मेरी टॉर्च बंद हो गई। मैंने उसे हिलाया, डुलाया, लेकिन यह बंद ही रही। एक स्थान पर खड़े होकर मैंने इसे खोला और इसके सेल वगैरह भी चेक किए, लेकिन शायद इसे बंद ही रहना था, इसलिए यह बंद ही रही। अब अंधेरे में, थोड़ा बहुत प्रकाश था, उसी के सहारे आगे बढ़ने के अलावा और कोई उपाय नहीं था।

मैं अंधेरे में ही आगे बढ़ने लगा, लेकिन तभी, ना जाने क्या था, जैसे-जैसे मैं आगे बढ़ रहा था, मुझे अपने पीछे 'टक' 'टक' की आवाज सुनाई देने लगी। जैसे- जैसे मैं अपने कदम आगे बढ़ा रहा था, वैसे-वैसे ही यह 'टक' 'टक' की आवाज लगातार सुनाई देती रही। क्या

है मेरे पीछे? कोई भूत-प्रेत या वह प्रेतात्मा, जिसके बारे में प्रचलित धारणा थी कि यहां रहती है? मेरी समझ में कुछ नहीं आ रहा था। जैसे ही मैं रुक जाता, आवाज भी बंद हो जाती। कहते हैं कि कभी भी पीछे मुड़कर नहीं देखना चाहिए, लेकिन मैं इस सब की परवाह किए बिना पीछे मुड़कर देखता, तो वहाँ कुछ भी दिखाई नहीं देता। फिर मैंने अपनी टॉर्च को हिलाया, शायद यह जल जाए, लेकिन कोई फायदा नहीं हुआ।

एक ओर लहलहाता हुआ मकई का खेत, दूसरी ओर नाले के किनारे से गुजरता हुआ मार्ग, और तीसरी ओर, यह 'टक' 'टक' की भयभीत कर देने वाली आवाज!

मैं साहसपूर्वक आगे बढ़ता ही रहा। जो होगा, सो देखा जाएगा। मेरे बढ़ते हुए कदमों के साथ-साथ ही यह 'टक' 'टक' की आवाज भी आती रही। जैसे ही मैं रुकता, यह आवाज भी रुक जाती और जैसे ही मैं आगे बढ़ता, फिर से सुनाई देने लगती। जब मैंने पीछे मुड़कर देखा, तो कुछ भी दिखाई नहीं देता।

ऐसी ही परिस्थिति में मैं आगे बढ़ता रहा। कभी ऊपर लहलहाती हुई मकई की फसल को देखता कि वहां कोई तो नहीं है, कभी नाले की ओर, तो कभी अपने पीछे। पर कहीं भी मुझे कुछ दिखाई नहीं दिया और ना ही मेरे साथ कुछ अनचाहा हुआ। मैं उस स्थान से सुरक्षित निकल आया।

तभी मुझे एक बात का ध्यान आया। मैं चलते-चलते रुक गया। मेरे रुकने के साथ ही वह 'टक' 'टक' की आवाज भी रुक गई। मैंने

अपने कंधे से बैग उतारा और उसे सामने किया। तभी मेरी समझ में इस 'टक' 'टक' की आवाज का रहस्य आ गया। वास्तव में, मेरे बैग में एक स्ट्रिप ऐसे ही हवा में लटक रही थी। जैसे-जैसे मैं चलता, वह हिलती थी और कंधे पर लटके बैग से टकराती थी, जिससे यह 'टक' 'टक' की आवाज होती थी। रहस्य समझ में आते ही, मैं मुस्कुरा दिया।

मैंने बैग की इस स्ट्रिप को बैग के साथ बांध लिया और फिर से इसे कंधे पर लटका कर आगे बढ़ने लगा। ठीक उसी समय मेरी हाथ में पकड़ी हुई टॉर्च भी सहसा जल उठी, जैसे कोई चमत्कार हो गया हो। यह रहस्य शायद मेरी समझ से परे था। मैंने ज्यादा नहीं सोचा और आगे चल पड़ा। वैसे, भी बहुत समय था।

कुछ कदम आगे बढ़ने पर नाले के ऊपर एक छोटा सा लकड़ी का पुल था। उस पर चलते हुए मैं वहां के लड़कियों के मिडिल स्कूल के ग्राउंड में पहुँच गया। मेरा मार्ग यहां से होकर ही आगे जाता था। स्कूल के ग्राउंड में हालांकि मौसम का थोड़ा बहुत प्रकाश था, फिर भी वहां का वातावरण भयभीत कर देने वाला था। लंबा बैरक जैसे स्कूल। किसी कमरे की खिड़की खुली हुई थी, तो किसी कमरे का दरवाजा। वहां ऐसा लग रहा था कि नहीं जानें किस कमरे या खिड़की से कुछ निकल कर मुझ पर झपट पड़े, लेकिन ऐसा कुछ नहीं हुआ। मैं धीरे-धीरे चलते हुए उस ग्राउंड को पार कर बस स्टैंड के मुख्य मार्ग यानी बाजार में पहुँच गया।

सारा बाजार बंद पड़ा था। होना ही था, क्योंकि इस समय सर्दियों के मौसम में सुबह के पौने छह बजे का समय होने वाला था। इस

समय तो लगभग सभी लोग सोए हुए ही होते हैं। बाजार में सारी लाइट्स भी बंद पड़ी थीं। कहीं कोई नहीं दिखाई दिया। यहां तक कि बाजार में कोई कुत्ता या पशु-मवेशी भी नहीं था। यहां से बस स्टैंड पास ही था, कोई पांच मिनट का रास्ता था।

जैसे ही मैं बस स्टैंड पहुंचा, ठीक उसी समय लाइट्स भी आ गईं। अब सब कुछ स्पष्ट दिखाई देने लगा। सारा बस स्टैंड खाली पड़ा हुआ था। जो बस जम्मू जाने वाली थी, उसका कहीं पर भी नामो-निशान नहीं दिखाई दे रहा था। बस तो बस, कहीं कोई सवारी भी नहीं दिखाई दे रही थी। चारों ओर कोई भी प्राणी नहीं दिखाई दे रहा था। अब मैं थोड़ा घबराया सा गया। आखिर बात क्या है? इस समय तक तो यहां पर बस को भरा हुआ और हॉर्न बजाता हुआ होना चाहिए था। कहीं मैं ही तो जल्दी नहीं उठकर आ गया। मैंने कलाई घड़ी में समय देखा। ठीक उस समय छह बजे का समय हो रहा था। मेरी समझ में कुछ भी नहीं आया।

तभी मेरे सामने वाली दुकान से एक आलसी व्यक्ति बाहर निकला और भट्टी को सुलगाने लगा। मुझे थोड़ी ढांढस हुई। मैं उसके पास चला गया।

"समय क्या हुआ है?" मैंने उससे पूछा।

"छह," उसने संक्षिप्त सा उत्तर दिया।

"यह जम्मू जाने वाली बस नहीं है यहां पर?" मैंने पूछा।

"आ जाती है," उसने उत्तर दिया।

"कहां से आएगी?"

"ड्राइवर घर ले गया होगा।"

हम अभी बातें कर ही रहे थे कि इतने में एक और सवारी मेरे पास आकर खड़ी हो गई। वह सरदार साहब थे।

"सरदार साहब! छह तो बज गए हैं। गाड़ी लेट हो गई है आज। अब तो दूसरी गाड़ी के आने का समय हो रहा है।"

"आ जाती है, यह भी।" सरदार साहब ने इतना ही कहा था कि तभी सामने से हमारी जम्मू जाने वाली बस आती हुई दिखाई दी।

बस के रुकते ही न जाने कहां-कहां से सवारियां इकट्ठा होकर उसमें चढ़ने लगीं और थोड़ी ही देर में सारी बस भर गई।

उस समय ठीक सवा छह बजे का समय हो रहा था, जब हमारी बस जम्मू जाने के लिए चल पड़ी।

(13)

जब घर आए हों और छुट्टी भी केवल चार दिन की हो, तो समय बहुत कम लगने लगता है। जम्मू से मेरा कार्यस्थल कोई पास तो था नहीं कि महीने या पंद्रह दिन में घर लौट सकें। इतवार के साथ अगर एक-दो छुट्टियां जुड़ जाती या छुट्टी ले पाता, तभी घर आना हो पाता था। ऐसे में, जितने भी दिन के लिए घर आ पाता, वे दिन हमेशा कम ही लगते थे।

ऐसे समय में मेरा मन कहीं बाहर जाने का नहीं करता था। बस, कितने दिन की भी छुट्टी होती, घर पर ही रहना चाहता था। लेकिन कभी न कभी, किसी न किसी काम से घर से निकलना पड़ ही जाता था। इसी तरह, इस बार तांत्रिक के पास जाने की सोच कर मुझे घर से निकलना पड़ा।

एक दिन मैंने चुपचाप अपना कार्यक्रम बनाया और बिना किसी को कुछ बताएं सुबह घर से निकल पड़ा।

इस बार मैं अकेला ही निकला था, जिससे तांत्रिक के घर तक का फासला मुझे कुछ ज्यादा ही लग रहा था। मार्ग पहाड़ी तो नहीं था, लेकिन थोड़ी ऊंचाई लिए हुए और ऊबड़-खाबड़ जरूर था। इसलिए यह और भी लंबा महसूस हो रहा था। सबसे बड़ी बात यह थी कि पहले जब भी मैं तांत्रिक के पास गया था, परिवार के कुछ सदस्य मेरे साथ होते थे। लेकिन इस बार मैं बिल्कुल अकेला था। शायद इसलिए

यह सफर और भी कठिन प्रतीत हो रहा था।

वैसे भी, जब कोई साथ हो, तो सफर सुगमता से कट जाता है और दूरी का एहसास नहीं होता। लेकिन अकेले होने पर वही सफर अधिक लंबा और थका देने वाला लगता है।

घर में मैंने इस बारे में किसी को भी कुछ नहीं बताया था। जैसे ही मैं तांत्रिक के घर पहुंचा, वह घर पर ही मिला। उस समय वहां और कोई उससे मिलने वाला नहीं था। इसलिए मैंने उससे अनुमति ली और उसके पास जाकर बैठ गया।

"कैसे हो अब?" उसने मेरी ओर साधारण भाव से देखते हुए पूछा।

"ठीक हूं," मैंने उत्तर दिया।

"फिर कैसे आए हो?"

"ऐसे ही, आपसे मिलने चला आया।"

"ऐसे तो बच्चा, कोई भी किसी से मिलने नहीं आता। हर कोई किसी न किसी काम के लिए ही दूसरे से मिलने जाता है। कहो, कोई समस्या है क्या?"

"मैं एक-दो बातों के समाधान के लिए आपके पास आया हूं और इसी बहाने आपसे मिलने का मन भी हुआ।"

"किन बातों के समाधान के लिए इतनी दूर से आए हो?"

"महाराज, मैं एक जिज्ञासु प्रवृत्ति का व्यक्ति हूं। मेरे मन में कुछ उलझनें थीं, जिनका समाधान मुझे आपसे ही मिल सकता था। इसलिए चला आया। और इसी बहाने सोचा कि आपके दर्शन भी हो जाएंगे।"

"बिल्कुल निसंकोच होकर अपनी बातें कहो। यदि संभव हुआ, तो मैं अवश्य तुम्हारे सवालों का उत्तर दूंगा।"

"महाराज, जब से आपने मुझे ताबीज और भभूत दी थी, तब से मैं बिल्कुल ठीक हूं। लेकिन मेरे मन में एक सवाल है—बार-बार मेरे साथ ऐसी घटनाएं क्यों हो रही हैं, जिनसे मेरे दिल में भय बढ़ता जा रहा है? जबकि बचपन से मैं खुद को बहुत बहादुर मानता आया हूं।"

"तुम्हारे साथ बार-बार ऐसा क्यों हो रहा है, इसका सटीक उत्तर मैं नहीं दे सकता। लेकिन संभव है कि तुम्हारे अंदर, अपनी बहादुरी के बावजूद, कहीं न कहीं डर छुपा हुआ है। यही कारण हो सकता है कि दुष्ट आत्माएं तुम पर जल्दी प्रभाव डाल पाती हैं।"

"तो महाराज, इस सब से मुझे कैसे मुक्ति मिलेगी?"

"इसका उपाय यही है कि अपने भीतर वास्तविक साहस विकसित करो। साथ ही, अपने गले में हनुमान जी का ताबीज बांध लो। इससे भूत-प्रेत और दुष्ट शक्तियां तुम्हारे पास आने का साहस नहीं करेंगी।"

"महाराज, वैसे भी जिस प्रेतात्मा की मैंने बात की थी... उसका नाम था जग्गी।"

"हां, जग्गी। उसकी आत्मा की मुक्ति के लिए तुमने उसके घरवालों से बात की थी, न?"

"जी महाराज, मैंने उनसे बात की थी। और एक दिन, जब मैं फिर से उनके परिवार से मिला, तो उन्होंने बताया कि उन्होंने कुछ योग्य पंडितों से मिलकर जग्गी की आत्मा की मुक्ति के लिए सभी आवश्यक विधि-विधान करवाए हैं।"

"यह तो बहुत अच्छा हुआ। अब तो तुम्हें उससे भी किसी प्रकार का भय नहीं होना चाहिए। और यदि शेष कोई परेशानियां होंगी, तो हम उसका भी समाधान निकाल लेंगे। तुम्हें डरने की कोई आवश्यकता नहीं है।"

"जी महाराज।"

"हम तुम्हारा कुछ भी अहित नहीं होने देंगे। हमारे रहते, ये दुष्ट शक्तियां तुम्हारा कुछ नहीं बिगाड़ पाएगी।"

"जी महाराज। आपसे मिलकर मेरी कई शंकाओं का समाधान हुआ। आपका बहुत-बहुत धन्यवाद। प्रणाम!"

यह कहते हुए मैंने उन्हें प्रणाम किया और विदा लेकर घर लौट आया।

(14)

चार दिन की छुट्टी समाप्त हो गई थी, और आज मैं अपनी ड्यूटी पर वापस लौट आया था। रास्ते भर मेरे मन में तांत्रिक से हुई बातचीत ही घूमती रही। उन बातों ने मेरे क्षीण हो चुके मनोबल को काफी हद तक मजबूत कर दिया था। अब मुझे ऐसा महसूस होने लगा था कि भविष्य में मैं ऐसी घटनाओं का डटकर सामना कर सकूंगा।

मुझे यह समझ में आ गया था कि इन अशरीरी दुष्टात्माओं से कोई हानि तभी हो सकती है जब इंसान खुद आंतरिक रूप से कमजोर हो जाए और भय को अपने ऊपर हावी होने दे। मैं भी परिस्थितियों के दबाव में मानसिक रूप से दुर्बल हो गया था। लेकिन ऐसा तो किसी के साथ भी हो सकता है।

अब मेरे मन में पूंछ क्षेत्र में रहने वाली बूढ़ी 'माई' से मिलने की प्रबल इच्छा जागृत हो रही थी। मैं शीघ्र ही उनसे मिलकर अपनी जिज्ञासाओं का समाधान प्राप्त करना चाहता था। इस इच्छा का एक कारण वर्तमान परिस्थितियाँ थीं, तो दूसरा कारण इस विषय में मेरी बढ़ती जिज्ञासा।

इसके लिए मैंने आने वाले इतवार को 'माई' से मिलने जाने का निश्चय किया। हालांकि मुझे उनके ठिकाने का कोई स्पष्ट पता नहीं था, इसलिए मैंने अपने एक स्थानीय साथी से इस बारे में चर्चा की। उसने

अपने कुछ पारिवारिक कारणों से मेरे साथ चलने में असमर्थता जताई, लेकिन किसी और से बात करके 'माई' का सही पता और वहां तक जाने का मार्ग मुझे समझा दिया।

यह मेरे लिए पर्याप्त था। मैंने उसे धन्यवाद दिया और तय समय पर, इतवार की सुबह ही, 'माई' से मिलने के लिए घर से निकल पड़ा।

यहां से मेरा बस का सफर वैसे तो लगभग आधे घंटे का ही था, लेकिन स्थानीय यात्रियों की अधिकता और बार-बार बस के रुकने के कारण सफर थोड़ा धीमा हो गया। जो दूरी आधे घंटे में तय होनी चाहिए थी, उसे पूरा करने में एक घंटे से अधिक का समय लग गया।

बस से उतरने के बाद मैंने पास के एक परचून वाले से 'माई' के पते की पुष्टि की और अपने गंतव्य की ओर बढ़ चला। आरंभ में मार्ग समतल था, लेकिन कच्चा होने की वजह से कंकड़-पत्थरों से भरा हुआ और थोड़ा संकरा भी था। लगभग दो किलोमीटर चलने के बाद रास्ता पहाड़ी हो गया, और चढ़ाई आरंभ हो गई।

रास्ते में एक बुजुर्ग व्यक्ति से पूछने पर पता चला कि मुझे अभी कम से कम चार किलोमीटर और चलना होगा। हालांकि, अपनी इच्छाशक्ति के सामने मुझे यह दूरी अधिक नहीं लगी। जैसे-जैसे मैं आगे बढ़ता, मेरी उत्सुकता भी बढ़ती जा रही थी। लेकिन सुनी-सुनाई बातों के कारण मन में संदेह भी था—क्या माई मुझसे मिलने देगी? या मुझे पत्थर मारकर भगा देगी? क्या पता, उसके फेंके हुए पत्थर से ऐसी चोट लग जाए कि मेरा राम नाम ही सत्य हो जाए।

चढ़ाई कठिन थी, और थकावट बढ़ती जा रही थी। मैं बार-बार ऊपर पहाड़ी की ओर देखता कि माई की झोपड़ी अभी कितनी दूर है।

मैंने सुन रखा था कि वह एक अलौकिक विद्या की ज्ञाता है, जिसे भूत और भविष्य का ज्ञान है। बावजूद इसके, वह एकांत में रहना पसंद करती थी और आम लोगों से दूरी बनाए रखती थी। जब भी कोई उसे पास आता दिखता, वह गालियां देने लगती या पत्थर फेंकने लगती। इस वजह से लोग उससे मिलने से बचते थे। लेकिन जो भी उससे मिलता, वह उसके व्यक्तित्व और विद्या से प्रभावित हुए बिना नहीं रहता था।

पसीने से तर-बतर, मैं थकान महसूस कर रहा था और थोड़ा सुस्ताने की सोच ही रहा था कि तभी मैंने देखा कि पहाड़ी के ऊपर से एक दस-बारह साल की लड़की बकरियों को हांकती हुई नीचे की ओर आ रही थी। मैंने उसे रोककर पूछा, "बेटा! यह 'माई' कहाँ रहती हैं?"

उस ने ऊपर की ओर पेड़ों के एक झुरमुट की ओर इशारा करते हुए कहा, "वो उधर!"

मैंने उसकी उंगली की दिशा में देखा, तो पेड़ों के बीच झोपड़ी जैसी कुछ चीज़ नजर आई। झोपड़ी को देखकर मुझे एक तरह की तृप्ति का अनुभव हुआ, मानो मेरी मंजिल पास ही हो। लेकिन झोपड़ी के बाहर कोई भी दिखाई नहीं दे रहा था।

फिर भी मैंने उस लड़की से पूछ ही लिया, "बेटा, क्या माई घर पर ही होंगी?"

"हाँ!" उसने उत्तर दिया और अपनी बकरियों के पीछे दौड़ लगा दी।

अब मेरे कदमों में एक नई स्फूर्ति आ गई। मैं तेजी से आगे बढ़ने लगा, लेकिन साथ ही सतर्क भी था कि कहीं ऊपर से कोई पत्थर मेरे

सिर पर आकर न गिरे या शरीर के किसी अन्य हिस्से को घायल न कर दे। हालांकि, ऐसा कुछ नहीं हुआ, और थोड़ी ही देर में मैं उस झोपड़ी के द्वार तक जा पहुँचा।

अभी मैं द्वार के पास ही था कि भीतर से एक आवाज आई, "राज ऋषि! भीतर आ जाओ।"

भीतर से आई इस आवाज में अपना नाम सुनकर मैं स्तब्ध रह गया। ऐसा लगा मानो मेरे पैर उसी स्थान पर स्थिर हो गए हों।

"रुक क्यों गए? आ जाओ भीतर।" भीतर से एक बार फिर वही आवाज सुनाई दी।

क्षणभर के लिए मेरे मन में यह विचार आया कि शायद मेरे आसपास कहीं गुप्त कैमरे लगे हुए हैं, जिन से कोई मुझे देख रहा है और चकित कर रहा है। लेकिन आसपास मैंने ऐसा कुछ भी नहीं देखा।

"आ जाओ। वहां कुछ भी नहीं है," भीतर से तीसरी बार आवाज आई।

अब बाहर रुकना मुझे उचित नहीं लगा। मैं तुरंत ही भीतर चला गया।

झोंपड़ी के भीतर का दृश्य अपेक्षाकृत साधारण था। कमरे के फर्श पर एक चटाई बिछी हुई थी, जिसके ऊपर एक सुंदर कालीन रखा हुआ था। उस कालीन पर मध्यम आयु की एक महिला बैठी हुई थी। साधारण नैन-नक्श होने के बावजूद उनकी उपस्थिति में एक अनोखी आभा थी और उनकी दृष्टि में कुछ अलौकिक आकर्षण झलक रहा था।

दृष्टि मिलते ही उसने मुस्कुराते हुए कहा, "राज ऋषि! कैसे हो?"

"जी, ठीक हूँ," मैंने विस्मय से भरे हुए स्वर में उत्तर दिया।

"तुम सोच रहे हो कि मुझ तक आते समय तुम्हें गालियां क्यों नहीं दी गईं और तुम पर पत्थर क्यों नहीं फेंके गए?"

यह कहते हुए उसकी मुस्कान और गहरी हो गई।

मैं चुप रहा, प्रतिउत्तर में कुछ भी नहीं कहा।

"ऐसा नहीं है कि मैं अपने पास आने वाले हर किसी पर पत्थर फेंकती हूँ या गालियां देती हूँ," उसने मेरी चुप्पी को तोड़ते हुए कहा। "यह पूरी तरह मनुष्य की मानसिकता और प्रवृत्ति पर निर्भर करता है। हर कोई तुम जैसे निश्छल हृदय वाला नहीं होता। जो भी यहां आता है, उसका कोई न कोई उद्देश्य या स्वार्थ होता है। ऐसे लोगों से मैं नफरत करती हूँ। उनसे बचने के लिए मैं उन्हें गालियां देती हूँ या उन पर पत्थर फेंकती हूँ। लेकिन तुम उनसे अलग हो। सही कहा ना मैंने?"

वह मेरे उत्तर की प्रतीक्षा करने लगी।

"जी, ठीक कह रही हैं आप," मैंने थोड़ा सकुचाते हुए कहा।

"मुझे मालूम है कि तुम्हारी प्रवृत्ति जिज्ञासु है और कुछ दिनों से तुम भयभीत और उलझन में हो," उसने गंभीरता से कहा।

"जी, ऐसा ही है।"

"आने वाले समय में तुम्हारे साथ एक–दो घटनाएं और हो सकती हैं," उसने कहा।

यह सुनकर मैं सिहर उठा। मन में विचार आया कि शायद मेरे साथ फिर कुछ भयावह घटने वाला है। मेरे चेहरे पर इस बात का असर शायद साफ दिख गया था।

"किन्तु," उसने तुरंत कहा, "तुम्हें अब भयभीत होने की आवश्यकता नहीं है।"

"क्या घटनाएं हो सकती हैं, माई जी?" मैंने चिंतित स्वर में पूछा, उसकी बात का अर्थ स्पष्ट करने के लिए।

"यह मैं नहीं बता सकती," उसने धीमे स्वर में कहा, "पर इतना निश्चित है कि तुम्हारा कोई अहित नहीं होगा।"

उसके शब्दों ने मुझे थोड़ा आश्वस्त कर दिया।

"हाँ! अब तुम निसंकोच होकर मुझसे वह सब पूछ सकते हो, जो तुम जानना चाहते हो, "उसने मेरे भावों को भांपते हुए मुझे अपनी जिज्ञासा व्यक्त करने के लिए प्रेरित किया।

"जी! आप तो सब जानती ही हैं," मैंने संकोच से कहा।

"मैं सब जानती हूँ," उसने हल्की मुस्कान के साथ कहा, "परंतु जो तुम जानना चाहते हो, वह तो तुम्हें ही कहना पड़ेगा।"

मैं झिझकते हुए पूछ बैठा, "आपको मेरा नाम कैसे मालूम?"

"जब मैंने तुम्हें पहले ही बताया कि मुझे तुम्हारे विषय में सब कुछ पहले से मालूम है, तो इस प्रश्न का कोई औचित्य नहीं। बेहतर होगा कि तुम वे बातें पूछो, जिनके समाधान के लिए यहाँ आए हो," उसने थोड़ा दृढ़ स्वर में कहा।

उस के इस स्वर ने मुझे डराया कि कहीं वह मुझसे रुष्ट न हो जाए। इसलिए मैं झिझकते हुए अपने मंतव्य पर आ गया और पूछा,

"माई जी! यह सब मेरे साथ क्यों हो रहा है?"

"इसका सबसे बड़ा कारण है तुम्हारे हृदय की पवित्रता और संवेदनशीलता। तुम्हारा सभी के प्रति दयालु भाव। ऐसी आत्मा का

स्वामी हर व्यक्ति न केवल इस लोक, बल्कि दूसरे लोक की आत्माओं या प्रेत आत्माओं को भी पसंद आता है। ये आत्माएं किसी न किसी माध्यम से अपनी उपस्थिति जताने या संपर्क स्थापित करने की कोशिश करती हैं। कई बार ये अपने प्रयास में सफल भी हो जाती हैं," उसने गंभीर स्वर में कहा।

क्षणभर रुक कर वह फिर बोली, "लेकिन हमें कभी भी इन आत्माओं, प्रेतात्माओं, भूत-पिशाच या जो भी नाम तुम इन्हें देना चाहो, उन से भयभीत नहीं होना चाहिए। ये अशरीरी आत्माएं किसी भी व्यक्ति को वास्तविक रूप से कोई हानि नहीं पहुंचा सकता। ये केवल हमें भयभीत करती हैं। बल्कि सच तो यह है कि ये हमें डराती भी नहीं हैं; हम ही इन्हें देखकर या उनके बारे में सुनकर भयभीत हो जाते हैं।"

"ये आत्माएं शरीर रहित होती हैं, यानी इनका कोई भौतिक स्वरूप नहीं होता। यह एक प्रकार से हवा के घनत्व के समान होती हैं। लोग इन्हें आत्मा, भूत, प्रेत या पिशाच जैसे नाम दे देते हैं। लेकिन इनके प्रति हमारे मन में जो भय है, वह केवल हमारी अपनी कल्पनाओं या सुनी-सुनाई बातों का परिणाम होता है," उसने शांत स्वर में कहा।

"माई जी! यह 'मसान' क्या होता है? मेरे एक मित्र ने जंगल में एक जलते हुए इंसान को देखा था।"

"यह केवल एक भ्रम या कल्पना हो सकती है। जैसा तुम्हारे मित्र ने जंगल में देखा, वैसा हर समय तो वहाँ नहीं होता होगा। जंगल में आग जैसी घटनाओं के कई प्राकृतिक कारण हो सकते हैं, जिनमें से एक प्रमुख कारण फॉस्फोरस है। जो ऑक्सीजन के संपर्क में आने पर

स्वतः ही जलने लगता है, जिससे आग की लपटें दिखाई देती हैं। यह प्रक्रिया प्रायः दलदली या जलीय क्षेत्रों में पाई जाती है।

इसलिए, जंगल में दिखाई देने वाली ऐसी आग का कारण किसी अलौकिक घटना की बजाय एक वैज्ञानिक प्रक्रिया हो सकता है।

जहां तक जलते हुए मनुष्य का प्रश्न है, यह दृष्टिभ्रम हो सकता है। तुम्हारे मित्र और मार्ग में दिखाई देने वाले व्यक्तियों ने भी संभवतः कुछ भ्रमपूर्ण स्थिति को वास्तविकता समझ लिया होगा। ऐसी घटनाएं अक्सर मनोवैज्ञानिक प्रभाव या डर के कारण अधिक भयावह प्रतीत होती हैं।"

मैं ध्यान से उनकी बातों को सुन रहा था। उनकी बातें मुझे प्रभावित कर रही थीं। तभी उन्होंने मुझसे पूछा,

"कभी तुमने सुना है कि किसी प्रेतात्मा ने वास्तव में किसी को हानि पहुंचाई है?"

"नहीं," मैंने धीरे से अपनी गर्दन हिलाते हुए उत्तर दिया।

"यही बात है। हमारे दिलों में इनके प्रति जो भय है, वह सिर्फ मनगढ़ंत कहानियों, लोक कथाओं या फिल्मों का असर है। हकीकत में ऐसा कुछ नहीं होता," उन्होंने मुस्कुराते हुए कहा।

"आप सही कह रही हैं," मैंने सहमति में सिर हिलाया, "लेकिन मेरे मन में अभी भी एक प्रश्न है।"

"पूछो, जो भी जानना चाहते हो। बिना झिझक के।"

"मैं यह पूछना चाहता हूँ कि आपने अभी बताया कि सच्चे, निर्मल और पवित्र हृदय वाले लोग ही इन शक्तियों से प्रभावित होते हैं। तो फिर ऐसा मेरे साथ पहले क्यों नहीं हुआ ? और क्या इसका मतलब

यह है कि अब मेरे शेष जीवन में भी ऐसी घटनाएं होती रहेंगी?"

"नहीं," उसने दृढ़ता से कहा, "मैंने ऐसा नहीं कहा।"

कुछ क्षण रुककर उसने आगे कहा, "ऐसा नहीं है कि हर सच्चे, पवित्र और संवेदनशील व्यक्ति के साथ ऐसी घटनाएं होती हैं। दुनिया में लाखों लोग ऐसे हैं, जिनका व्यक्तित्व पूरी तरह सच्चा और पवित्र है। लेकिन इसका यह अर्थ नहीं कि वे सभी ऐसी आत्माओं के प्रभाव में आते हैं।"

"फिर ऐसा क्यों होता है?" मैंने जिज्ञासा से पूछा।

"यह बहुत से कारणों पर निर्भर करता है। सबसे बड़ा कारण है संयोग। जब कोई प्रेतात्मा किसी मनुष्य की सहायता पाना चाहती है और उसकी तलाश में होती है, तो जो भी उसके प्रभाव में आ जाता है, उसी पर वह अपना अधिकार स्थापित कर लेती है। इसका मतलब यह है कि कोई भी व्यक्ति, परिस्थितियों और संयोगवश, उनकी पकड़ में आ सकता है।"

"तो क्या इससे बचाव का भी कोई उपाय है?"मैंने उत्सुकतापूर्वक पूछा।

"इससे बचाव का कोई विशेष उपाय तो नहीं है। फिर भी, इससे बचने के लिए अपने मन को दृढ़ बनाना चाहिए और यह विश्वास रखना चाहिए कि ये अशरीरी शक्तियां हमें किसी भी प्रकार की हानि नहीं पहुंचा सकतीं," उन्होंने शांत स्वर में कहा।

"लेकिन ऐसा कैसे किया जा सकता है?" मैंने उत्सुकतापूर्वक पूछा।

"इसके लिए मनोवैज्ञानिक उपायों का सहारा लेना चाहिए," उन्होंने समझाया।"जैसे, गायत्री मंत्र का नियमित जाप करना या किसी भी संकट का आभास होने पर हनुमान चालीसा का पाठ करना। इससे व्यक्ति भीतर से आत्मिक रूप से शक्तिशाली महसूस करता है, और मन की दृढ़ता बढ़ती है।"

"माई जी, आपने मेरी सभी जिज्ञासाओं का समाधान किया। इसके लिए मैं आपका बहुत-बहुत धन्यवाद। लेकिन जाने से पहले, मैं आपसे एक और बात पूछना चाहता हूँ, यदि आप बुरा न मानें।"

"पूछो," उन्होंने सहजता से कहा।

"माई जी, क्या आप मेरे भविष्य के बारे में, अर्थात आने वाले समय के विषय में, कुछ बता सकती हैं?"

"नहीं," उन्होंने मुस्कुराते हुए उत्तर दिया। "मैं ऐसा कुछ भी नहीं बता सकती जिससे विधि द्वारा निर्मित विधान में हस्तक्षेप हो। यह प्रकृति के नियम के विरुद्ध होगा।"

उनकी बात सुनकर मैं संतुष्ट हो गया। "ठीक है, माई जी। एक बार फिर से आपका बहुत-बहुत धन्यवाद। अब मुझे जाने की अनुमति दें।" कहते हुए मैंने विनम्रता से उनके चरण स्पर्श किए और कमरे से बाहर आ गया।

बाहर सायंकाल का समय हो गया था। हल्की धूप अब मद्धम हो चली थी, लेकिन शीत ऋतु के कारण वातावरण में ठंडक बनी हुई थी। मौसम सुहावना था। चलते हुए मैंने मुस्कुराकर एक बार पीछे मुड़कर 'माई' के कमरे की ओर देखा। वह दृश्य मेरे मन में कहीं गहरी छाप छोड़ गया था। फिर मैंने वापसी के लिए अपने कदम बढ़ा दिए।

(15)

जब मैं अपने स्टॉप पर पहुंचा, तब तक रात हो चुकी थी। सर्दियों में तो वैसे भी रात जल्दी हो जाती है। मैंने दुकान से रात के खाने के लिए कुछ आवश्यक सामान खरीदा और अपने कमरे की ओर चल पड़ा।

ठंडी-ठंडी हवा चलने लगी थी, और बारिश की बूंदाबांदी भी आरंभ हो गई थी। जैसे ही मैं स्कूल के ग्राउंड के पास पहुंचा, पूरे इलाके की बिजली एकाएक गुल हो गई। अब अंधेरा और गहराने लगा था। दुर्भाग्यवश, आज मैं टॉर्च भी साथ लाना भूल गया था। ठंडी हवाएं तेज हो गईं, और रह-रहकर बिजली चमकने लगी। बादलों की गड़गड़ाहट और तेज होती जा रही थी।

अंधेरे में रास्ता देखना मुश्किल हो गया था। तभी मुझे याद आया कि मैंने सामान के साथ माचिस का एक पैकेट भी खरीदा था। मैंने झट से लिफाफे में से माचिस निकाली और एक तीली जलाने का प्रयास किया। लेकिन हवा के तेज झोंके के कारण तीली बार-बार बुझ जा रही थी। अब आगे का रास्ता चलना और भी कठिन हो गया।

मैं अनुमान से ही आगे बढ़ने लगा। रास्ता तो परिचित था, लेकिन गहरे अंधेरे और बारिश के कारण हर कदम चुनौतीपूर्ण लग रहा था। जब बिजली चमकती, तो थोड़ी देर के लिए रास्ता दिख जाता, और मैं कुछ कदम आगे बढ़ लेता। चलते-चलते मैं उस स्थान पर पहुंचा, जहां

रास्ता नाले के पास से होकर जाता था।

यहां आकर अनजाने में मैं सही रास्ते की बजाय नाले के किनारे खेत की कंटीली बाड़ के पास पहुंच गया। बाढ़ झाड़ियों से बनी थी, जिसमें कांटे लगे हुए थे। चलते हुए कई बार मेरे हाथ कांटों से टकराए, जिससे मैं घायल हो गया। फिर भी, मैंने रेंगते और उठते-बैठते हुए आगे बढ़ने का प्रयास जारी रखा।

अंधेरे में चलते हुए मुझे यह समझ आने लगा कि जब रास्ता दिखे नहीं और रोशनी न हो, तो चलना कितना कठिन हो जाता है। लेकिन मैं साहस नहीं छोड़ रहा था। जैसे ही मैं आगे बढ़ रहा था, अचानक मेरे पैर एक पत्थर से टकरा गए। संतुलन बिगड़ने से मैं जोर से सामने की ओर गिर पड़ा।

मेरे गिरते ही ऐसा लगा जैसे पूरे नाले के किनारे एक हलचल सी मच गई। पास के पेड़ पर जैसे कोई भारी पक्षी आकर बैठा हो। पूरा पेड़ जोर से हिलने लगा, और तभी चील जैसे किसी बड़े पक्षी की भयानक चीख गूंज उठी—'चीं.............।' यह आवाज इतनी तेज और डरावनी थी कि मेरे रोंगटे खड़े हो गए।

मुझे लगा मानो यह अंधेरी रात और यह चीख मेरे साहस की परीक्षा ले रही हो।

मेरी सांस जैसे भीतर ही थम गई थी। मुझमें उठने का साहस नहीं बचा था। मेरी गर्दन झुकी रह गई और चेहरा जमीन से लगा रहा। पूरे शरीर ने मानो काम करना बंद कर दिया था। मुझे किसी चीज की सुध नहीं रही।

मैं वहां कितनी देर पड़ा रहा, यह भी मुझे याद नहीं। जब मेरी

आँख खुली, तो मैंने अपने पास अपने ही मकान में रहने वाले किरायेदार को खड़ा पाया। उसके एक हाथ में टॉर्च थी और दूसरे हाथ में छाता। वह मुझे हिला-हिलाकर होश में लाने का प्रयास कर रहा था। उसकी कोशिशों से मैं धीरे-धीरे पूरी तरह होश में आ गया।

इसके बाद मैं उसके साथ चलता हुआ अपने कमरे में पहुंचा। कमरे में पहुँचने के बाद भी मैं कुछ समय तक स्तब्ध था, लेकिन धीरे-धीरे स्थिति सामान्य हो गई।

इस घटना के बाद लगभग एक वर्ष बीत गया। फिर मेरे साथ कभी ऐसी कोई घटना नहीं हुई। इससे मेरा 'माई' पर विश्वास और भी दृढ़ हो गया। उसने बहुत पहले ही कहा था, "आने वाले समय में एक-दो बार ऐसी घटनाएं हो सकती हैं।" उसकी बात पूरी तरह सच निकली।

अब मुझे समझ आ गया था कि डर केवल हमारे मन की उपज है। 'माई' की कही बातें हमेशा मेरी आत्मा को मजबूत बनाए रखती हैं।

उपसंहार

पाठकों ने मेरे इस उपन्यास को पढ़ा। अब यह उपन्यास उन्हें कैसा लगा, यह तो उनके बहुमूल्य विचारों से ही पता चलेगा, लेकिन इस उपन्यास को लिखने का मेरा उद्देश्य यही है कि पाठकों के दिल में कभी-कभी किन्हीं जानी-अंजानी घटनाओं से भूत-प्रेत, चुड़ैल, पिशाच जैसी दुष्ट आत्माओं के प्रति जो डर बैठ जाता है, उसे कम किया जा सके।

यह सच है कि इस उपन्यास में वर्णित लगभग सभी घटनाएं सत्य हैं, लेकिन समय-समय पर उनका कारण और व्याख्या करते हुए यह भी स्पष्ट करने का प्रयास किया गया है कि इन से कभी भी मनुष्य को भयभीत नहीं होना चाहिए। ऐसी प्रेत आत्माएं कभी भी मनुष्य का कोई अहित नहीं करतीं, बल्कि वे स्वयं सहायता प्राप्त करने के लिए लालायित रहती हैं।

ऐसी घटनाएं हर किसी के जीवन में नहीं होतीं, और जिनके जीवन में होती हैं, उन्हें भी इन्हें साधारण ही लेना चाहिए और कभी भी भयभीत नहीं होना चाहिए। इस संदर्भ में पाठकों को हमेशा इस बात का स्मरण रखना चाहिए कि जीवन में डर की उपस्थिति भी कई प्रकार की बीमारियों की उत्पत्ति का कारण होती है। इसे यूं भी कहा जा सकता है कि इन से डर का भाव मनुष्य को मनोवैज्ञानिक रूप से भी बीमार बना देता है, जिसका उपचार फिर कठिन हो जाता है। वैसे भी,

किसी भी प्रकार का डर मनुष्य के जीवन को हर दृष्टि से रसहीन बना देता है। इसलिए सदैव अपने डर से लड़ने का प्रयास करना चाहिए। डर के आगे हमेशा जीत होती है।

पाठकों से अनेक शुभकामनाओं के साथ।

लेखक की अन्य रचनाएँ

www.ingramcontent.com/pod-product-compliance
Lightning Source LLC
Chambersburg PA
CBHW021231130726
47988CB00002B/920